少年の橋

目次

装画　「夏シリーズ」川平惠造

少年よ、　夏の向こうへ走れ

雨期が過ぎて島をなでる夏至南風（カーチーバイ）が吹くと、健二が住んでいる島はじりじり暑くなっていく。

健二はこの島へ来て三度目の夏を迎えていた。夏は好きだが暴力的な太陽にはまだ太刀打（たちう）ちできなかった。陽が傾くまでは木陰で落下した木の実の果肉を剥（は）ぎ、核質のなかの胚乳（はいにゅう）を取り出してつくる、木の実笛を吹いていた。その澄（す）んだ音（ね）が潮をふくんだぬるぬるする風と混じり合う。健二はこの笛が好きだった。これは島の子どもたちから教えてもらったものだが、今では健二のほうが上手につくれる。

家族は桟橋に近い村の診療所で住んでいた。

汗の染みたシャツ姿の父親が鍬（くわ）を振っている。額からの汗が目に染みるのか、首に掛けたタオルで拭（ぬぐ）ったあと、健二のところの、ごつごつした大樹の根もとに腰を下ろすと、煙草を吸い、「今年は祭りに入れてもらえるだろうか……」と、独り言をつぶやいた。健二は父親が、診療所で村人を診察する威厳のある堂々としたものでないのを感じとった。晩酌のときなど、「祭りに入れてもらえるまでは島人になったとはいえない」とも話していた。しかし、父親の口から島の人の悪口を聞いたことはなかった。

「隣のミツオーの兄さんが帰ってきたといって、土産のお菓子をくれたよ」

「祭りには島を出た若者のほとんどが帰って来るんだったなあ」

そういえばここ二三日、船が入る度に日頃みかけない顔を見る。この小さな島に、日増しに人が増えてきている。船の着く桟橋は診療所の通りをまっすぐ東へ、坂を下っていくらも行かない距離にあった。健二は釘先で実の頂の穴から突っつくのをくりかえしながら、「医者が一番偉いと思っていたのに、部落長が一番で、その次は部落長をやったことのある爺さんで、お父さんはその次くらいかな。しかしこれも……」とつぶやいたあと、口もとに実を寄せ息を強く吹き掛ける。細かい粒状の黄色い胚乳が宙に舞い上がり睫毛にかかる。

父親が祭りへ参加出来ないのは、先祖代々から余所者を拒む固い掟があったからだった。日ごろは村人同様な付合いをしているが、祭りのこととなると、態度は一変した。ほとんどの村人が相手にしない。部落長は「掟は守らなければならない」としながらも、例外に扱おうとする向きがある。それは医者のいない島へ来てくれたことへの気遣い(きづか)がそうさせていた。今年は、明日の祭りを前にして、島にやって来た人たちと、村人を含めての話し合いを持ってみる、ということを父親は伝え聞いていた。

　島での生活は単調そのものだったが、健二はそのようなことに不満を感じている様子はなかった。本土から来た、ということだが、都心から離れたところに住んでいたので、此処(ここ)での生活にはむしろ性に合っていた。健二はいつも診療所の大きな樹に登って、一日の終わりを告げる夕焼けやほんの数分間における群青色(ぐんじょういろ)の空を飽きずに眺めていた。明けの空より、微妙な変化をともないゆっくり時間をかけ暗くなっていく夕空が好きだった。今日も夕暮れが訪れ、微かに吹いていた風さえ止み、鳥たちが群れをなし、ゆるく羽ばたきながら、村の後方の森へと帰っていく。

「健二、もう見えてるじゃないか。あれ、金星だろう？」

「うん、そうだよ。でもここでは食いしん坊星(ファイダマブス)と呼ぶんだって。このあいだミツオーのところのお父さん言ってたサ」

　健二の返事にいくらか戸惑いつつ、だんだん島の子どもになりきっていくのも悪い気持ちではなさそうだった。しばらくして母親の声で、夕食であるのを知らされた健二は樹から下りると、家の中へ入った。

食事をしていると、村の後方から謡声（うたごえ）が風に乗って聴こえてくる。三線（サンシン）の入った何時（いつ）ものものとは違っている。それは哀調を帯びた旋律であったり、ときには力強い掛け声のともなった響きに変化したりした。

「いよいよ、明日だなあ」父親はつぶやく。だが、健二と母親は顔を見合わせただけで、そのまま箸（はし）をうごかす。夕食が済んだあと、父親は公民館で話し合いがあることを告げると、出掛けていった。

健二は父親が家を出ると、自分の部屋へ入り、寝ころがって焦点の定まらない目を天井に向けていた。天井の隅っこで時を告げるみたいに鳴いているヤモリが、ゆっくり尻尾（しっぽ）を振りながら中央へ近づいて来て静止すると、じっと構える。その先に小さな黒いものが。何だろうと目を凝（こ）らすと、一瞬にしてヤモリがぱくつく。そのとき、窓から入ってきた風が健二の曖昧（あいまい）な気持ちを変えさせる。健二は明かりを消すと、こっそり部屋を抜け出す。月夜なら明るい村の道がすっぽりと闇に包まれている。その道を、健二は小走りで公民館へと向かった。しばらくして明かりが目につく。立ち止まると、健二は何時もと違った小道から裏側へと近づく。踝についた草の葉をゴムぞうりで交互に払いのけながら、光の漏れる壁の節穴へそっと目を近づけると、中を覗いた。

天井から下がっている二つの裸電球がときおりゆれる。その周りを甲虫や羽虫が飛び交う。席はコの字になっていて、入口附近にたくさんの人がいる。舞台近くに部落長と父親、それに役員たちと、それぞれ座っている。健二の来る前から、祭りの出し物について村人の話し合いがもたれていたのか、思い思いの会話にふけっている。しばらくして部落長がみんなに聞こえるよう咳払いをする。集まった村人は雑談を止め、部落長に注目する。みんなを一通り見渡したあと、部落長が話しはじめた。

「みなさんたちにこうして集まって頂いたのは、他でもなく、いよいよ明日に迫ったアカマタ・クロマタの祭りについて、日ごろお世話になっている診療所の先生を、参加させてもいいのではないかと思うが、此処においでのみなさん方の考えはどうだろうか。忌憚のないご意見を聞かせてもらいたい」

部落長の話は落ち着いていて、ひときわ重みのあるものだった。一瞬、みんなは黙り込んでしまい、先に切りだすのを躊躇っていたが、白い顎髭の長老格が立ち上がるとゆっくり喋り始めた。

「わしは生まれてから長い間この島で生きてきているが、余所者を祭りへ入れてはならぬという、先祖代々からの言い伝えがある。だから掟は守らねばならぬ……」

のっけから村の長老がもっともな意見を出してきたので、困惑した部落長はすぐさま身内の者に意見を求める。

男が立ち上がる。

「島は年々人が少なくなっていき、いわゆる過疎化現象だ。そんなことからも私は、島に住む人で、村人が信頼を寄せる方であるならば良いと思う。ましてや診療所の先生だ。人格からしてみても何ら問題はない。当然、参加させるべきだ！」

健二はこの言葉にほっとして、今年こそは父親が祭りに参加できるのを強くする。

ところが、隅の席で低声で話し合っている四五人のうちの一人が立ち上がった。

「わしらは祭りの度に島へ毎年帰ってくるが、わしらの意見としては、いったん掟を破って余所者を入れると、これから住み着く者も次々と参加させるようになってしまう前例をつくることになる。そうなるとわしらは、わざわざ帰ってくる必要もなくなってくるのではないか。余所者を加えるのはもってのほか。わしらは絶対反対だ！」

その言葉に島外から来た者たちが相槌を打つ。健二がこの島へやって来る数年前、島を大きな台風が襲い、大変な被害を被ったことから、一度に十世帯余りの家族が島を離れていった。そのとき、力を合わせて、村を再建しようと誓い合ったが、けっきょくは島を出た。ところが、皮肉なことに、その人たちのほとんどが成功して、島の者たちは以前と変わらないその日暮らしの生活をしている。そうなると、島を出た人たちは年に一度の祭りに協力するために帰っては来ているが、その裏には成功した者としての優越感が言葉の端々にあらわれはじめ、島の人たちにとっては言いがたい感情が心を動かしはじめていたのも事実だった。再び沈黙をともなう重苦しい空気に包まれたが、次期部落長の噂の高い田福のおじさんによるいつもの説得力ある口調が始まった。

「わしは先生を入れることによって、新しく村に住むみんなが参加の出来る祭りにもっていけたらよいのではないかと考える。これまでの閉鎖的な古いしきたりを改めてみんなの祭りにしていこう。そうしていくことが……」

そのときだった。

「バカヤロー。お前らは部落長に丸め込められているのが分からないのか！　祭りはこんなもんじゃあないぞ。祭りはもっと神聖なものではないか。これまで、何度も政治が絡んだことがあったが、しかしその度に爺さんの話したとおり掟を守ってきたではないか。島を出ていった者にもいうが、自分が何のために戻って来るのかを真剣に考えたことがあるのか？　祭りは俺たちの心のよりどころだ。島の者たちの命がかかっているんだぞォ」

　酒に酔った乱暴な物言いに、若者の周りを部落長支持たちが取り囲む。殺気立った一人が、激しい口調で「おい、お前、いつからそんな偉そうな口が利けるようになったんだ！」と、言うや否や、素早く若者の襟首を掴むと、顎に一撃を食らわせる。転倒した若者が唇から滲んだ血を手の甲で拭い、立ち上がると同時に、他の一人が履いている下駄を若者の頭上へ力強く振り下ろす。とたん、悲鳴を上げた若者は頭を押さえ崩れる。一瞬の出来事に呆気にとられていた部落長が仲裁に駆け寄る。「おい！　何も暴力を振るうことはないではないか！」。声を荒らげる。「だって、こんな奴をのさばらせたのでは」と誰かが援護する。

村人に囲まれた若者はうずまったままだった。指の間から手の甲へ生き物のように血が流れる。板一枚隔てた別世界の出来事に、健二は身体の震えと、激しく胸打つ動悸を抑えることができなかった。健二の父親は人垣を掻き分け近寄ると、俯いたままの若者を起こし、両肩を掴み、呼びかける。ところが無視して立ち上がると、若者はよろけながら公民館を出ていき、石垣を頼るように歩き、暗がりへ消えた。

しばらくの間、沈黙が支配していたが、みんなが席に着く頃合いを見計らって部落長が口を開いた。

「皆と話し合って、今年から先生を参加させたいと考えていたが、なかなか意見はまとまらないようだ。それにこんなことまで起こされたんでは、何のための集会か分からない。幸い大事にはいたらなかったが、この事が原因で村の者の結束がなくなっては部落長としての責任が持てなくなる。そんなことからもこの件は無かったこととする。祭りは明日なので、今晩のいざこざを忘れて村人が一丸となり、祭りに備えてもらいたい。では、今日のところはこれで閉会にする」

「なぜだ！」健二は心の内で叫び、込み上げてくる激しい怒りを抑えることが出来なかった。「これほどお父さんが村人のことを思ってやってきているのに。どうしてお父さんの気持ちが伝わらないんだ！」固く握りしめられた健二の手のひらは汗ばむ。まばらになった公民館の中で、部落長を含め、数人が健二の父親へ申し訳なさそうに喋っている。父親は失望を悟られまいとして、しきりに煙草を吸う。吐き出す煙が裸電球の下で疲れたように漂っている。

健二は節穴から目を外し、公民館を後にすると走った。ただ走りたかった。夜風が、涙にぬれた頬を冷たくさせる。とたん、健二はよろける。ゴムぞうりが足に付着した泥にぬめって緒が抜けたのだ。左足のゴムぞうりを取り上げ、夜露にぬれた草の葉先へこすって、泥を拭き落とすと、緒を嵌めなおす。ぞうりを履きながら辺りを見回すと、遠くまで来ていることに気づいた。しばらく歩いていると、青白い光が小さな円を描きながら飛んでいる。ホタルだった。立ち止まり、いくつかを目で追う。去年の祭りのころ、友だちとホタルを捕ったのを思い出した。村の人がトゥカナズと呼んでいる木の、淡緑色の総包にホタルを入れた。暗がりの中で、その淡い光がとてもきれいだった。これには健二の父親も加わり、歳に似合わずはしゃいだのだった。と、一匹のホタルが光の線を引きながら飛んできて、足もとの草の葉へ止まると光を明滅させる。その度に、葉先に丸くなった露へ光が反射する。まるで真珠を散りばめたようだった。しばらくして家へと向かう健二のところへ飛んできた数匹のホタルは、健二が歩きだしてもまとわりつくように絡み合っては飛び交う。やがて家の明かりが見えはじめたとき、不意にあることを思いつき、踵を返すと再び走り出した。

村の西外れに御嶽があった。

健二は以前ウサギを飼っていた。

夕方、遊びから帰って来て、ウサギ小屋を覗くと餌がなく腹を空かしているので、村外れのトゥナーラの群生する場所へ行った。ウサギの餌になるトゥナーラは家の裏や道端にも生えてはいたが、必ずといっていいほど自分の探し当てたその場所に来ていた。しかし、他の友だちはここまで来ることはなかった。健二はこの草がタンポポに似た小さな花をつけつるのがたまらなく好きだった。両手に持てないくらい葉を摘んで帰るころ、辺りは薄暗くなっていた。前方のこんもりした森は普段なら野鳥の鳴きごえで賑やかなものだが、ひっそりとしている。それはまるで海からの風と陸からの風がまじわるときに起こる無風状態だった。いつもと違った空気に包まれている。森のほうから引き寄せる強い力を感じる。健二は森へ向かっていた。鬱蒼と生い茂る森の中へ足を踏み入れると、ゾクッとする冷気に身震いをした。古ぼけた拝所がある。拝所の物陰で黒いものが動く。それらが何やら低声で喋っている。この世のものとは思えなかった。恐る恐る近づくと、息を殺して見つめる。それが友だちから聞かされている祭り神のアカマタ・クロマタであるのに気づく。友だちは言っていた。「祭りの日には村人は畑に出ないで家で神様を迎えるんだ」。こうも言っていた。「その日は絶対に御嶽に近づいてはならんゾ」。いつか父親も同じことを話していた。健二は、自分がどのような立場に置かれているのかを知ると恐ろしくなってきた。御嶽の壁に映った赤い明かりがゆれる。辺りが騒がしくなる。いつの間にか御嶽の入口におおぜいの人たちが集まっている。手に手に松明を持っている。ときおり銅鑼が打ち鳴らされ、これまで聴いたことのない謡声が辺りに響く。何の謡なのかは分からないが、祈りに似たものを自分なりに想像する。謡は寄せては返す波のようにながくつづいていた。

　御嶽近くまで一気に走って来たため、激しい息切れが健二を襲う。俯きながら横腹を押さえると唾を吐く。ぬるっと糸を引いたまま垂れ下がる。口もとを拭うと立ち上がる。木々の茂る森を抜け、鳥居を潜り、御嶽の拝所に入ると、神棚の下の戸を開け、まさぐる。触れるものがある。木箱だった。取り出すと紐を解き、蓋を開ける。と、そのとき、御嶽がぐらぐらっとゆらぎ、野鳥が羽音を立て、いっせいに飛び立ち、おびただしい鳴きごえが森を震わせる。健二は怯んだが、取り出した二つのものを両の小脇に抱えると、御嶽を抜けでた。ものの気配を感じ、立ち止まると、逆さにぶら下がったコウモリからの福木の果実が、足もとにころがる。健二は強張らせた身体のまま固唾を呑むと、一気に掛けだした。村人に見つからない道を選ぶ。両脇に抱えたものは思ったより大きく重量もある。走っていると摩擦で脇腹に痛みを感じるほどだった。やがて公民館近くに来ていた。まだ明かりが付いている。気付かれないように公民館の前を横切ると全力で走った。三つ目の曲がり角を過ぎると家は間近だった。門から入るのを止め、裏の石垣を越えると、忍び足で自分の部屋へ入る。明かりが付けっぱなしになっている。溢れるほどの光りが目に痛い。外を見回し雨戸を引く。それから机へ上がり、天井の羽目板を押し寄せ、持って来た物をしまうと、元通りにして下り、スイッチをひねる。暗がりのなかで横になりながら天井裏が気になり、寝つくことが出来ず、何度も寝返りを打っていた。しかし、ヤモリの鳴きごえや、外からの虫の音を耳にしているうち、砂利を踏む下駄の音を立てて父親が帰って来るころには眠りに落ちていた。

翌朝になって母親が揺り起こすまで、目覚めることが出来ずにいた。母親が戸を開けると、朝の光で満ちた。目をこすりながら起きると部屋を出たが、父親のことが気になり、診療室を覗く。白衣姿の父親は薬品の臭いに包まれぽつねんと煙草を吹かしていた。昨夜の公民館でのことから気持ちを察した健二は「夕べの仕返しはやったぜ」と、心の中でつぶやきはしたものの不安の入り交じった妙な気分になり、立ち尽くしていると、気配を感じたのか、父親が振り向いたので慌てて洗面所へと向かった。

健二は朝食をとりながら母親に話しかける。

「祭りだろ、今日は。なのに父さんは診療室かい？　部落長たちと一緒じゃないの？」

その言葉に、母親は無言のまま、おかわりを催促する仕種をする。余りすすまなったが、昨夜のことを知っていながら聞いたという後ろめたさからお碗を差し出した。

公民館へと急ぐ村人たちや子どもらの浮き浮きとしたはしゃぎ声が耳に響く。健二は縁側で柱にもたれ、脚を伸ばしながら、焦点の定まらない目で空を見ていた。その抜けるような空色に身体ごと吸い込まれていきそうな気がした。と、ミツオーのところの赤瓦屋根（あかがわら）の上から、力強いむくむくとした真っ白な雲が姿を現す。雲は見る間に広がってゆき、健二を呑み込むかのように迫ってくる。健二は目を逸（そ）らすと立ち上がった。

そのとき、ミツオーが健二の名を呼びながら駆け足でやって来る。

「祭りの日だというのに何してる。早く行こう」

「まだ早いんじゃないか？」

「何言ってる。去年はお前が朝早くから僕の家に誘いに来てたんじゃないか」

「そうだった？　よく覚えてないけど……」健二は怪訝（けげん）な表情になっていくミツオーを上目遣（うわめづか）いで見ると応（こた）えた。「じゃあ、行くよ。でも、ちょっと頭がいたいから途中から帰ることになるかも知れん……」

ミツオーは、何時（いつ）もとちがい動作の鈍い健二を見ると、やはり気分が優れないのかと考えもしたが、逸（はや）る気持ちがそれを忘れさせていた。

「おい！　急げ！　早く行かないと棒が始まるぞ。今年は僕んちの兄さんがやるから」

ミツオーが小走りに駆ける後から健二はついて行く。ところが二人の間は離れるばかり。ミツオーは二三度振り向いては立ち止まったりしたが、歩調ののろいのにイライラして、独り駆けだす。健二が御嶽に着いたときにはミツオーは見当たらなかった。

去年もそうだったが、こんなにも人が集まっているのに改めて驚かされる。いつもは見かけない人たちが多い。白装束（しろしょうぞく）の神司（ツカサ）が拝所に向かい手を合わせ何やら拝（おが）みごとを繰り返している。神司の羽織（はお）る純白の着物に恐れを感じ、視線を外すと、頭上を仰ぐ。周りの木が御嶽の境内（けいだい）の空を覆っている。吹く風に木漏（こも）れ日（び）がチカチカして眩（まぶ）しい。健二は立ちくらみを覚え近くの木にもたれた。

やがて、銅鑼（ドウラン）の音が響き、太鼓が打ち鳴らされ、棒が始まる。人垣の中を掻（か）き分け、跳びはねながらやって来た、たすき姿で白黒の脚絆（きゃはん）をした二人の男が、力いっぱい棒を振り回し、かち合わせると、乾いた音が御嶽にひびく。集まった人たちは、頭から唐草模様の布を鎧飾りのようなもので締めた鋭い目つきの勇壮な男たちの、奉納棒踊りに拍手や指笛を送る。老人たちはそれぞれが自分の若かったころの姿を重ね合わせているかのように瞳を潤（うる）ませる。前の席にいるミツオーが、棒踊りの男へ、これが僕んちの兄さん、という仕種で指さし、葉包み餅（カサヌパームッツ）を片手に持ちながら、他の友だちと楽しそうに話し合っている。ミツオーに合図を返そうとしたが気後れして止める。ミツオーが誘いに来たとき、頭が痛いと嘘をついた。しかしどうしたことか、頭がガンガンしてきて、胸が締めつけられ、ほんとに気分が悪くなっていくようだった。

　健二がいつもと違う素振りで帰ってくると、黒砂糖を茶請け(ちゃう)にお茶を啜(すす)っていた両親が顔を見合わせる。

「どうした健二、祭りには行かなかったのか？　そろそろ獅子舞が始まるのではないか？」

　健二は応えずに俯(うつむ)いたまま、自分の部屋へと入った。

「おかしな奴だ。前から祭りのことを聞いていたのに……友だちと喧嘩でもしたのかな」父親が話すと、母親は「そうですかねえ。けど、健二はああいったことなどしない子ですがねえ。私ちょっと様子を見てきます」と応える。

　健二は心配そうに入ってくる母親を見上げ、寝ころがったまま、手で右顎を押さえ、歯が痛い、という顔をして、いつものようにしばらくすれば治まることを告げる。安堵した母親が部屋を出て行ったあと、父親の、いつもの歯痛か、というような笑い声が健二の部屋まで聞こえる。

　しばらく経(た)って、母親が氷嚢(ひょうのう)を持って来ると、頬へ当て、笑みを浮かべると出ていった。笑っていた両親に対していくらか不満を感じながらも、咄嗟に口を突いて出た嘘を我ながら上出来だと思った。いつもの雑談が始まっている。今年も祭りへ参加出来なかった父親をなだめるかのような話が聞こえてくる。父親は健二を意識しているのか、ときおり聞こえてくる話し方の抑揚や笑い声にしてもややオーバーなものだった。それらを聞くともなく聞いているうち、ゆっくり眠りに落ちていった。

健二は浜辺を歩いていた。

まだ眠りから醒めやらない海は、音のない小さな波をくりかえしはこんでいる。健二は胸いっぱい空気を吸う。磯の濃い匂いが鼻孔にひろがる。たちまち変化していく明けの空を見ながら波打ち際の砂を踏みしめ歩いていた。やがて太陽が昇る。と、水平線のほうから二つの黒いものが現れる。見る間に大きくなり近づいてくる。二艘のサバニにそれぞれ漕ぎ手を従えながら蔓草に覆われたものが棒を持ち、仁王立ちになっている。はっとした健二は、言葉を発しようとするも声が出ず、慌てて、海とは逆の方角に向かって走った。焦ったせいか足を取られ、何度か傾斜のところで転倒する。振り返ると、二つのものは、驚くほどの身軽さでサバニから飛び降り健二を追いかけ始める。いつか御獄（オン）で見たものだった。健二は足に自信はあったが、どういうわけかいつもと違う。地に足が着かず、空回りしている。それに走って行くにしたがってだんだん空が低くなってくるような妙な圧迫感を覚える。

　健二は走り続ける。

　一陣の風が吹き抜ける。重く覆いかぶさった灰色の雲が渦巻き、疾い速度で流れていく。健二はチガヤの茂る原っぱを走っていた。健二は踝（くるぶし）に微かな痛みを感じる。剣（つるぎ）のようなチガヤの葉で切りつけられた傷だった。しかし立ち止まることは出来ない。走りながら風のなきごえを聴く。健二は走った。が、突然、立ち竦（すく）み、茫然とする。断崖（だんがい）だった。

　健二は振り向く。黒いものが背後に迫ってくる。健二が両手を広げたよりも大きい。蔓草で覆われたその身体はまるで全身毛むくじゃらの大男を思わせる。顔が、赤と黒だけの、のっぺらぼうだった。サバニを漕（こ）いでいた二人の男は、無言のままアカマタ・クロマタの後方にいる。健二は息を呑む。チガヤが激しく波打つ。まるで激流の中で乱れてゆれる長い髪だ。アカマタ・クロマタがじりじり近づいてくる。これ以上の後ずさりは出来なかった。「顔返せぇ（ウムティカイシィ）」アカマタ・クロマタが交互につぶやきながら健二へ迫る。後ろ足を踏み外したとたん、健二は激しい叫び声を上げ、凄まじい速度で落下していった。

唸り声を上げ、飛び起きる。身体中びっしょり汗をかいていた。辺りを見回しようやく夢であるのを知らされた。ときおり入ってくる風が、健二の首筋やこめかみを心地よくさせる。健二は戸口へ寄り、しばらく朦朧とした時間のなかにいた。夕暮れだった。屋敷の石垣の内側から家を守るように林立している福木には、ねぐらにつくスズメがせわしく鳴いている。夕焼けを映しているかのようなクロトンの葉の色合いをただぼんやり眺めていた。と、どこからかカサカサという微かな音を聴く。耳を澄ますと、それは健二のいるところからわずかに離れた床下からだった。列をなした数十匹のネズミが縁の下から畑へと抜けていく物音だった。これまで目にしたことのないものに見入る。大小のネズミが数珠つなぎに移動している。母親ネズミか、小さなネズミをくわえうろたえている。健二の目にはそれは大がかりな引っ越しのように映った。辺りはもう暗くなっている。この妙な光景に、健二は不思議な感情に包まれたまましばらく戸口に佇んでいた。

そのとき、突然、鐘が打ち鳴らされた。

連打される鐘の音は村中に鳴り渡る。急を告げる指笛が鋭く飛び交う。公民館へ駆けつける足音が聞こえる。騒ぎの原因が何であるのかを悟った。言いようのない不安が激しく襲いかかる。健二は両手で膝を抱え込むと小さくなった。

「おい、何かが起きたみたいだ！　ちょっと公民館まで行ってくる！」

「あなた、昨日のこともあるし、止したほうがいいと違いますか？」

「何言ってる！　この鐘はただごとではないぞ！」

着替えた健二の父親が急いで出掛けようとしたそのとき、押し寄せる荒波のごとく、群衆のざわめきが健二の家へ迫る。健二は外を見た。松明を持ったおぜいの村人が家を包囲している。健二は驚きの余り、戸を締めると、部屋の隅っこにうずくまった。父親は何が起きたのか、見当もつかない。母親も家を取り囲んだ松明の灯をただ茫然として見入るばかりだった。

健二の父親は門のほうへ歩いていくと、群衆へ向かって言った。

「みなさん、何かあったんですか！」

風にぱちぱち爆ぜる松明が火の粉をちらすだけで、群衆は無言だった。村人たちの眼光が尋常でないのを感じ取り、後ずさりしたとき、「この食わせ者！　お前のような者は島を出て行け!!」。群衆の一人がいきり立つ。群衆が再びどよめく。

「何を言っているのか、さっぱり分からないではないか。部落長を出しなさい」

「バカヤロー！　何が部落長だ。お前だろう、盗ったのは。面を寄こせ!!」

群衆から発せられた憎悪に満ちた罵声に父親は事の起こりを感じとる。そして朝から様子のおかしい健二のことが、瞬時に脳裏を掠める。ところが健二がそんなことをとも思わずにはおれない。躊躇った父親が何か喋ろうとしたそのとき、石垣の崩れる音がして、石垣を乗り越えた群衆がなだれ込む。父親は身の危険を感じ、群衆を背にすると、家の中へと駆け込んだ。「逃がすな！　捕らえろ！」「叩き殺せ！」群衆がつぎつぎ叫ぶ。逃げ込んだ父親は健二の部屋を開けた。健二が上目遣いのままうずくまっている。健二に近づき、両肩を鷲掴みに揺さぶると、激しい口調で叫んだ。

「健二！　お前がアカマタの面を盗ったのか？　ええっ！　どうなんだ!!」

健二は堪えきれずに父親に抱きつき、泣きだすと、言い放った。

「だって、あんまりじゃないか！　父さんを祭りへ入れないなんて!!」

父親の両手の力はたちまち抜け落ちる。

「やっぱりお前か……」

健二の告白に改めて事の重大さを知らされながらも、父親は健二をきつく抱きしめる。二人の後ろに突っ立ったままの母親は、ただおろおろするばかりだった。

突然、ガラスの割れる音がする。雨戸に石が当たる。群衆が投石を始めた。襖（ふすま）に石が食い込む。食器の割れる音がする。投石は激しさを増す。台所の電球の飛び散る音がして、明かりが消えた。「女、子どもには手を加えるな。医者だけを狙え！」群衆の中の誰かが叫ぶ。「オーイ！　医者は裏の部屋だ！」指笛が飛び交う。「裏を固めろ！逃がすな！」健二の部屋辺りの群衆からも投石が起きる。健二の机近くの半窓のガラスを破（わ）って飛び込んできた石が父親の頭部を掠（かす）った。もうどうにもならない状態に陥（おちい）っているのを健二は感じ取った。投石から身を守ることが精一杯だった。

「身を屈（かが）めろ！」

父親の言葉に母親は柱を抱き、背中を丸め頭をちぢこめる。

「健二!!　お母さんのところへ行きなさい!!」。母親が手招きをする。健二と母親は身を低くして重なる。そのとき、空気を切り裂く音がして健二の部屋の電球が割れ、破片が飛び散る。その後、ぴたりと投石が途絶えた。暗がりのなかで息づかいだけが聴こえる。静かだった。虫の鳴きごえさえ聴こえてくる。しかし、しばらくすると、激しい物音がする。群衆が棒で戸をぶち壊し、部屋へなだれ込んだ。群衆は、健二の父親を取り囲むと、殴る蹴るの暴行を加える。健二と母親が泣きすがるのを、二三人の者が動けないようにはがい締めにする。群衆はさらに暴行を加え続ける。健二が腕の中でもがきながら、自分が面を盗ったのだと叫んだが、なおも群衆は血だらけの父親を離そうともせず、動けなくなった父親へ言った。

「俺らの神をどこへやった?!　早く出せ!!」

父親は口も利けないほどにぐったりしている。健二は泣きわめきながら机の上の天井を指さす。顔を見合わせた群衆の一人が、持っている棒で天井を激しく突く。羽目板が割れ、二つのものが落ちて転がった。夜光貝の嵌め込まれた四つの眼が暗がりの中で異様な光を放つ。畏敬の言葉を発しながら群衆は一歩一歩と退く。健二は、闇の中で獣の息づかいをしていた群衆が、やがてしだいにいつもの村人に変わっていくのを見ていた。

海辺へと向かうゆるやかな傾斜を、父親と歩いていた。

ギンネムが狭い道幅を覆っている。

父親の頭の白い包帯が痛々しい。

あの事件から十日余りが経ち傷もたいぶ回復している。

浜辺を歩いていると、前方にミツオーがお父さんと波打ち際で網から魚を外している。健二の父親が挨拶をしたが、まるで聾のようで、仕事の手を休めようとはしない。健二はミツオーへ手を上げ、合図する。ミツオーは健二を見上げたが、俯いたままのお父さんに気遣い、気まずそうな表情を見せると、逃れるようにサバニの裏へ回った。健二は寂しそうにミツオーの名を低声で発した。

健二と父親は言葉を交わさず、ただ歩き続けた。砂に照りつける太陽の光りが眩しい。しばらくすると、前歩きする奇妙なカニが群れをなしているのを見る。健二が面白がって近づこうとすると、たちまち穴へ入って姿を隠す。悔しがった健二は穴を踏んづける。父親は苦笑いをする。ミツオーが遠くに小さくなっている。アダンの小陰で腰を下ろす。父親はアダンの気根にもたれ彼方を見つめる。

健二は乾いた砂を掴むと、手のひらからさらさらこぼすのを繰り返しながら思った。村人が、自分たちをまるで石ころか枯れ木でも見るような態度はいつまで続くのだろうかと。父は「しばらくすれば、これまでと同じになるさ」と言っていたが、果してそうなってくれるかどうか分からなかった。

後方の森ではクマゼミがうるさく鳴いている。

まだ夏はつづく。

少年の橋

芭蕉（ばしょう）の葉はゆれる気配がなかった。

太陽がぎらぎら照りつける午後、信一は福木の根もとで、首筋の汗を手の甲で拭（ぬぐ）いながら半ズボンのポケットから取り出した小さな夏蜜柑（なつみかん）、シークヮーサーの皮を剥（む）き丸ごと口へ入れる。噛（か）んだとたん口の中をはしる酸（す）っぱい味に顔を顰（しか）める。

福木は実を付け、梢（こずえ）からの黄色い残り花がぽとぽと落ち、その花のまわりを数匹の銀バエが気にさわる羽音を立てている。信一は口の中の種（たね）を銀バエに向けて連続的に吹き飛ばす。銀バエは一瞬びっくりして飛び去ったが、しばらくすると再びもとの場所で忙しく飛び交う。皮の剥き過ぎか、親指の爪先が痛くなったので、左の掌（てのひら）からシークヮーサーをポケットに戻すと立ち上がった。

リヤカーを引きながら坂を上がってくるものがいる。いつもの空き瓶買受け人（ビンコーヤー）だと思いながら、信一は近づいてくるのを見ていた。

見かけない男に後からついてくる少年がいる。汚れただぶだぶのランニングシャツを着けている少年は、ずんぐりして頭が大きく、額（ひたい）が出っ張っている。

初めて見る顔だった。

少年は信一と目が合ったが、すぐさま逸（そ）らし通り過ぎた。

少年の周りを赤毛の仔犬がじゃれながら走り回っている。

信一は空（から）のリヤカーに麻袋（カシガー）が二三枚あるのを見て、ビンコーヤーとは違うかもしれないと何気なく後から付いて歩きはじめる。初めは気づかなかったが、後ろから見ると男の右手がない。

雑貨店（マチヤー）の前辺りに差し掛かると、リヤカーが停まる。

信一の家近くだった。

前方から白と黒のぶちが舌を出してとぼとぼ歩いてくる。

と、男は突然、麻袋を払いのけると銛（もり）を左手で掴（つか）み取り、狙いを定め、犬に投げつける。銛が腿（もも）に突き刺さる。犬が長い柄（え）の銛を引きずり、自由を失ったとき、輪っ架（わか）を犬の首に掛けて引き絞る。ワイヤーが首に食い込む。犬は悲鳴を上げ転げ回る。男

は素早くワイヤーの内から手を入れ捩(ねじ)って脛で首ねっこを押さえつけ、腰から抜き
取った針金でたちまち前脚(まえあし)や後脚(うしろあし)を括(くく)る。

　犬は振り絞る悲鳴を上げる。

　一瞬の出来事に信一は呆気にとられた。

甲高い犬の鳴き声に、近所の友だちが駆け寄って来る。

友だちの誰かが大きな声で叫んだ。

「おーい！　犬捕獲人(インクルサー)どー」

いつの間にか増えた友だちが、体を震わせ鳴き叫ぶ犬の周りを囲み見入っている。

男は犬を麻袋に入れるとリヤカーに乗せる。

友だちの一人が叫んだ。

「早く家に戻って、犬を繋(つな)がんとやられるどぉ」

その言葉に我に返った四五人が、青ざめた顔で家へと急ぐ。

「大変(デージ)だ、大変(デージ)なことになったなー(シタナー)」

「お前なんかの犬(インナー)、鑑札(フダ)つけてるかぁ」

「馬鹿(フラー)、お父(オットー)さんがあんなお金(ジン)あげるかぁひやぁ」

「僕んちも。保健所に連れてって注射させんといかんからお金ちょうだいって言ったら、人に注射するお金も無いのに、何言っているかーって言うわけよ(バーヨ)」

「そうかぁ、面白くないなぁ(ウムッサンクナイナー)」

みんながインクルサーを目にするのは初めてのことだった。保健所で狂犬病の予防注射を打ち、鑑札(かんさつ)を貰うのを知ってはいたが、そんな余裕などなかった。

後に残ったのは信一だけだった。

インクルサーの親子は、カシガーの中でもぞもぞする犬を乗せ、リヤカーの向きを変えると歩きだした。

信一は少年を見た。

少年は信一の視線を意識しながら、車輪に目を向けたまま男の引くリヤカーの後をついていく。

赤毛の仔犬は、来たときとは違って、怯えた恰好で少年にくっついていた。男は坂道を、リヤカーの取っ手を上向きにし、身体(からだ)を反らせて下っていった。

信一は、地面に流れた血が、照りつける太陽の下で変色していくのをじっと見ていた。

朝早くからクマゼミが鳴いている。

信一は家の裏へ回った。ブタ小屋の近くにある芭蕉の若葉を切ってくるっと巻き、それを物干し竿の先に括り付けると、隣の家のセンダン木へと急いだ。

セミは透きとおった翅(はね)の下で、黒い尻尾をふりふり、急かすように鳴いている。信一は竿をのばし、狙いを定めゆっくり近づけ、被せる。とたん、セミは漏斗状(ろうとじょう)の葉の中へ落ち、これまで一定のリズムだった鳴きごえがたちまちくずれた。

竿を下ろし、輪になった芭蕉の葉から中を覗(のぞ)く。底でセミが鳴きながらもがいている。

どういうことか、不意にこの前の少年のことが信一の脳裏を掠(かす)めた。

数日前、信一が夕食どきに、インクルサーの話をしたときのことだった。

「インクルサー？　こんなところにも来たのか。お父さんはいつも市場の近くで見かけるよ。しょうがない奴(やつ)らだなぁ」

「どうして？」

「宮古島(メーク)で生活できない奴らが移り住んでああいうことをしているわけさ。地元(ここ)の人であんなことをしている者は一人もおらんよ。あれはあれで世の中のためにはなっているからいいが……困るのは引っ張られてくるほとんどがメーク人（ピトゥ）なんだよ。余所（よそ）の島へ来て悪さをされたんじゃあなあ」

「この前のインクルサーもそうかねぇ」

「決まってるじゃないか！　お前、宮古の子とは遊ぶなよ」

「あんたァ　そんなことを言っては困るよぉ。子どもの遊び相手は、いちいち親が決められないからねぇ」

「冗談じゃない！　俺は巡査だよ！　俺の身にもなってみぃ、毎日のように捕らえられてくる子はメークだ。考えてもみろ、こんな子たちと一緒に遊ばされるか！」

「だけどねぇ……」

「うるさい！　登野城七町内の宮古部落へ行ったら許さんぞ！」

「う、うん」

　父親が機嫌をそこなったので、母親はしょうがないという顔つきで溜め息をつく。信一は二人の顔色を窺（うかが）いながら箸（はし）をすすめた。

　裸電球の周りには羽虫が飛び交い、いつも愛嬌よく聴こえてくるヤモリの鳴きごえが、なぜか今日にかぎって妙に物悲しいもののように思えたのだった。

信一は取り出したセミを握る。セミの鳴きごえがしびれるように腕へ伝わってくる。ポケットに入れようとして掌（てのひら）をゆるめたとき、まるで隙（すき）を窺っていたかのように、するりと抜け、短くなき、飛んでいく。セミの行方（ゆくえ）を追っていると、突然、数匹の犬の吠え声がする。敵意に満ちたものだった。

信一は通りへ出た。すでに数人が集まっている。

信一は友だちのところへ走った。

坂を、あの日の少年がリヤカーを引き、上がって来る。

男はいない。

少年と仔犬だけだった。

誰かが叫んだ。

「おーい、インクルサーの額大（ガッパイ）が来たどー」

甲高く鳴いていた犬は宮古の少年が近づくと鳴くのを止める。インクルサーの匂いに恐れを感じるのか、後ずさる。

インクルサーに犬をしょっぴかれた一人が前へでる。

信一より二つ年上で、身体（からだ）は大きく腕力があり、悪童（ヤマングー）で通っていた。

そのヤマングーが、宮古の少年の胸を押し、

「おい！　この間、お前ちが捕まえていった犬、あれ、僕の犬だったどー、返せー」

宮古の少年はヤマングーを見上げるようにしている。前に合ったときとは違う感じだ。腕や手首に犬に噛まれたと思われる傷痕（きずあと）がある。

さらに友だちが言った。

「おい、今日はなぜお前一人かぁ。お前ちお父さんどないしたかぁ。たーだ人んちの犬だけ捕（と）ってるから犬に噛まれて死んだだろう」

話し終わるかいなや、突然、宮古の少年の拳（こぶし）が少年の顎（あご）へ入った。みんなの前で引っ繰り返り、路面に突き出た石に頭を打ちつける。血が流れているのに気づかない。「おい！　血が出ている！」と誰かが知らせると、腕を頭の後ろに回したあと血のついた手のひらを見てたちまち泣きだした。

「あんな宮古（ヤナメーク）、殴ってしまえ（タックラセー）！」

ヤマングーが大声で叫び、宮古の少年のランニングシャツの襟首（えりくび）を掴み、強く引き寄せ、勢いをつけて投げとばす。少年は身体を二回転させ、近くの下水溝へ落ちた。

少年はしばらく蹲（うずくま）っていたが、右手で身体を支えて起き上がるとリヤカーへ向かって走った。

「あい、リヤカーから何を取ろうとしているかぁ。僕んちを犬みたいに縛るのか！」

ヤマングーがランニングの裾（すそ）を掴んで、引き戻そうと力を加えたとき、ランニングシャツが音を立て裂ける。少年が怯（ひる）んだその隙に、他の友だちが少年を後ろから抱き抱え、身動き出来ないようにする。

「よぉーし、そのままにしておけよー」

ヤマングーはリヤカーから麻袋（カシガー）を掴みだした。

「持ち上げれー、カシガーに入れるから」

ヤマングーの言葉に絡めた腕をきつく締めたまま身を反らせる。少年は浮足をばたつかせる。ヤマングーはカシガーに少年を入れると、袋口を針金で括りつけた。

宮古の少年はカシガーの中でもがくたびにバランスをくずし何度も倒れる。友だちがその仕種を見ては大きな声で笑う。

信一は厭（いや）な感じがした。

「兄（に）ぃ兄（に）ぃー、何もそんなに苛（いじ）めなくてもいいと違う」

信一の言葉に、みんなはきょとんとして、顔を見合わせる。するとヤマングーが笑いながら近寄り、信一を見下ろすと言い放った。

「この宮古（メーク）は、人んちの犬捕って金に換えてるんだぞ。だから叩きのめして（バリミングラシテ）此処へ来ないようにしないと、みんなちの犬が僕の犬みたいに保健所に連れて行かれるでないかー」

信一はすかさず言い返す。

「でも、そんなにまでしたらかわいそうでない。兄ぃ（に）兄ぃ（に）たちが僕んちくらいの生徒、苛めて恥ずかしくない?」

ヤマングーは信一の言葉にむっとして睨（にら）んだが、信一に対して手出しをする様子はなかった。

宮古の少年は目の荒い麻袋の中から、このやりとりを見ている。

ヤマングーの視線が移っていく。

信一ははっとした。

ヤマングーは信一の後ろにいる宮古の少年の犬を見ている。と、突然、犬を指さし、周りの友だちへ命令口調で叫んだ。

「おい！　あの赤い仔犬（アカイングヮー）を捕（と）らえろ！」

少年たちはヤマングーの言葉が何を意味しているか分かっていた。

麻袋が動く。

止めようとする信一を、ヤマングーが後ろから腕を回し、きつく締める。身動きのとれない信一が「止（や）めろ！」と大声で叫ぶ。みんなが仔犬を追いかける。仔犬は逃げ回ったがそのうち捕らえられ、ヤマングーの指図（さしず）で、リヤカーからの藁縄（わらなわ）で首をくくると、友だちの引き連れてきた犬と戦わせる。

宮古の少年は麻袋の中で喚（わめ）く。

信一はヤマングーの腕の中で激しい怒りを覚えた。赤毛の仔犬は戦う意志をまったく見せない。だが、けしかけられた黒い犬が襲いかかる。仔犬は逃げようとするが縄を引っ張られ転倒。その隙に黒犬が首筋を捉えて石垣へ叩きつける。仔犬は悲鳴を上げる。ここぞとばかりに黒犬は直ぐさまとびつく。が、仔犬が身をひるがえしたので、石垣へ鼻面（はなづら）を打ち、悶（もだ）える。怒りに燃えた黒犬は牙（きば）を剥（む）きだし唸り、仔犬の肘（ひじ）を咬（か）み裂く。仔犬は激しく苦痛の呻（うめ）きを上げる。傷口から血が滲む。黒犬は荒い呼吸をしながら仔犬を見張っている。

信一は腕の中でもがきながら首を回すとヤマングーへ向かって叫ぶ。

「お前、僕んち、お父さんに言って、引っ張らすから！」

顔色の変わったヤマングーの力がゆるむ。

腕を払うと信一は仔犬のところへと駆けつけ、仔犬を抱き上げる。仔犬はぼんやりした瞳の底から信一を見ている。信一は振り向き、激しく射るような目つきでヤマングーを見る。ヤマングーは信一の態度に驚き、その場から逃げ去る。呆気にとられた友だちはきまり悪そうな恰好をしていたが、つぎつぎといなくなった。

ヤマングーは一年前に悪さをし、信一の父親にきつく叱られたことがあり、信一の父親を恐れていた。

信一は麻袋の針金を解く。唇をきつく結んだ宮古の少年の頬に涙のあとがある。少年は信一と言葉を交わさず、信一が差し出した仔犬をリヤカーに乗せると、取っ手に手を掛ける。弱々しく鳴く仔犬が信一を見上げていた。


小雨が降っていた。

信一は縁側にいた。庭の赤黒いクロトンにカタツムリが二ついる。表面のカタツムリはすじをひき、もう一つは葉裏でうずくまっている。朝から降りやまない雨にうんざりして家のなかで身体をもてあそんでいる信一は、母親の隙を伺い通りへでた。

いつも信一が座る福木の太い根もとに宮古の少年がいる。信一は少年のところへと近づいていった。信一の気配に気づいているはずの少年は俯（うつむ）いたまま小刀で何かを削っている。

「何しているかぁ」

「舟つくってる……」

「ふぅーん」

宮古の少年は手を休めると信一を見上げた。瞳が輝いている。信一は少年から蒲葵（クバ）の葉柄（ようへい）を分けてもらい一緒に舟をつくる。仕上げると、互いに舳先（へさき）の湾曲部分のできぐわいを自慢し合った。

道の傍の溝（みぞ）には泥水が勢いよく流れている。

信一と宮古の少年は顔を見合せると舟を浮かべた。少年と信一の舟は流れにのって早い速度ではしった。少年が舟を追いかける。後から信一も走る。舟は淵（ふち）に当たっては転覆しそうになりながらも流れに押されてはしった。

しばらくすると流れが穏やかになり速度が落ちる。信一は舟に目をやったまま少年に話し掛けた。

「お前、名前は何ていうばぁ」

「……下地弘」

「僕は宮良信一。学年は？」

「三年生……」

「だったら僕と同じばぁなあ」

声を弾ませ信一は矢継(やつ)ぎ早(ばや)に話し掛ける。

「学校は何処(どこ)ばぁ」

少年は返事に窮したが、しばらくして喋った。

「一学期までは宮古の学校さ……二学期から石垣の学校に入るよぉ」

信一の言葉とは違う訛(なま)りがあった。

「じゃあ、きっと僕んちの通ってる学校だね。同じクラスになれるといいねぇ」

「う、うん……」

信一と弘はいくつか横筋の道を過ぎ、酒屋や映画館のある近くまで差し掛かった。

溝には蓋がされているので舟は見えなくなったが、二人は溝に沿い走った。

やがて、海が見え、護岸(ごがん)にたどり着く。行き止まりだった。信一は護岸へよじのぼり下水溝の穴を見る。しばらくすると、汚物に混じった舟が滝を下るように流れ落ちてくる。信一と弘は顔を見合わせると歓声を上げた。

海面へ浮かんでゆるく回転していた舟は、しだいに沖へと向きを変えすすみはじめる。小雨に濡れ二人のシャツは肌にはりついている。護岸に座りながら舟を眺めていると弘が言った。

「僕……海の向こうから船に乗って来たさ」

「宮古遠いばぁ」

「一日は掛からない」

「ふぅーん……いいとこかぁ」

「何にも面白くない。石垣のほうがまだましさ」

信一は弘に対して余り深入りはしてはならないものを感じ話題を変える。

「あの赤毛の仔犬(アカインナー)どうしてる」

「死ぬかと思ったが元気になったさ。ちょっと前脚をびっこ引いているが、信一は犬好きか」

「うん。でも、今は飼ってないよぉ」

信一は去年まで飼っていた犬が保健所の撒いた毒入り餌を食べ床下で死んだので、母親が飼うのを禁じていることを話した。

弘は俯いたまま聞いていた。

辺りはもう薄暗くなっている。別れるとき弘は木切れで地面に自分の家の地図を描くと、遊びに来るように言った。それはいつか信一の父親の話していた登野城七町内だった。

その晩、信一はなかなか寝つけなかった。


粗末なトタン屋根の家がひしめくなかを、信一は弘の家へと歩いていた。照りつける太陽に帽子の中はむせっている。少し大きな道へでた。腹の出っ張ったぎょろ目のおじさんが、雨戸を台にして子どもや大人の服をならべて売っている。弘の描いた地図を思い出し通りを曲がる。幅の狭い道を歩く。村はずれに二軒の家が在る。信一はどちらが弘のところか分からず、行ったり来たりしていると、仔犬の鳴き声がするので走った。

弘が門から出て来る。二人はぶつかりそうになり顔を見合わせ笑った。足どりの覚(おぼ)束(つか)ない仔犬が尾を振りじゃれる。

「僕、来てくれないと思ってたけど、ペスが鳴いたからすぐ信一だと判(わか)ったさ」

あの雨の日から幾日も経(た)ってないが、弘の訛りが信一には懐かしく感じられた。

弘は嬉しさで言葉が上擦(うわず)っている。信一は弘の話を聞きながらそっと家の中を窺(うかが)う。板の間にアダンの茣蓙(ござ)が敷いてあるだけで殺風景だった。信一の家の半分もなかった。奥の裏座の戸が閉められている。薄暗い部屋のまわりを静寂が漂っている。信一は靴を脱がず、床へ腰を下ろした。数羽のカラスがモクマオウの枯れ木から信一たちを見下ろしている。弘が奥のほうから箱を持って来て蓋(ふた)を開け信一へ見せる。底の深い紙箱いっぱいにカタツムリの殻(から)が入っている。

「あっさ。いっぱい集めたなあ。蝸牛闘(チンダンオーラセー)わせやるばぁ」

「うん」

弘は得意になって返事をする。弘は箱の隅から黒光りするのを取り出すと言った。

「これが僕の王様。信一もどれかとってごらん」

信一は強そうなものを選ぶと、弘のうずを巻いて尖(とが)ったカタツムリの頂(さき)へ、自分のものとを合わせるとぐいっと押(お)す。

信一のカタツムリの頂がちいさな音を立てて潰れる。次々と箱から取り出し競う。

ところが何度やっても弘のものには敵(かな)わなかった。信一はやる度に潰され、親指と人指し指の腹に殻の破片が食い込み微かな痛みを感じ弘を睨んだ。

と、突然、裏座から低い声がする。立ち上がった弘が戸を開けると、いつかのインクルサーが横たわっている。

信一は思わず固唾(かたず)を呑(の)んだ。

男は弘に向かって弱々しい声で言った。

「タバコ……タバコを買って来てくれ」

弘は「ちょっと待ってろ」という目配せをすると出ていった。

信一は心細くなり、外に目をやった。枯れ木のカラスが増えている。

男が湯飲み茶碗を差し出し、信一に声を掛けた。

「弘の友だちの信一くんか……ちょっと……そこから水を入れて来てくれ……」

床へ上がり、茶碗を受け取った信一は、男の指さす甕(かめ)から水を酌(く)みとり持っていく。

信一は目の前のインクルサーがあのときの男だとはどうしても思えなかった。それくらい痩せ細っている。男は背を起こすと水を飲んだ。顔が浮腫（むく）んでいる。無意識のうちに男の右手の辺りへ目を向けていた。信一の視線に気づいた男は着物の袖（そで）を捲（ま）くり上げ、「これ、めずらしいかぁ……」と、肘（ひじ）のあたりからなくなっている右腕を信一に見せ、弱々しい咳をしながら信一に話しかけた。

「もう昔のことさ……おじさんは鱶（ふか）を捕（と）る仕事をしていたさ。鱶はねぇ、太い釣針に豚の肉をかけてねー、釣縄（ワイヤー）をのばして、くらーい夜の海をながすんだよぉ。それを鱶が食らいつくとね、釣縄を引くさねぇ、そしてね、鱶をサバニの傍（そば）にたぐり寄せてねぇ、堅い樫（かし）の棒で頭を殴りつけて殺すさぁ。あの晩、おじさんの餌（えさ）に掛かった鱶が叩いても叩いてもなかなか死なんもんだから、包丁で突こうとしたところをねー、ガブッと鱶にもっていかれたさぁ。痛かったよー」

　右手をさすりながら弘と同じ訛（なま）りの言葉で続ける。

「それから海の仕事が出来なくなってねぇ。陸の仕事もいろいろしたが上手くいかないさねぇ。だから今はインクルサーやってるわけよ。弘はインクルサーが嫌だと言っているが、食わんといかんから仕方ないさねぇ。同じことを宮古でもやってたがねぇ、石垣のほうが儲かるということを聞いたもんだから、渡って来たが……この通り病気になってねぇ。最近は弘が小さい犬を捕ってお金を貰ってくるさ……」

あのときの弘の腕や手首の傷痕が信一の脳裏をよぎる。弘の父親は話のあと「弘と仲良くしてくれねぇ」と言った。

しばらくして弘が帰って来た。弘の父親は煙草盆から煙管を取り出すと煙草を吸う。きざみ煙草のきつい匂いが煙となって漂う。

陽が落ちると辺りはたちまち暗くなりだした。

信一が帰ろうとするのを、弘がもう少しだけ遊んでいくように哀願する。信一は躊躇ったが遅いのでどうしても帰ると言い、靴の紐を結び始めると、急いで奥のほうから持ち寄ってきた物を信一の前に差し出した。

ソテツ虫籠の中に数匹セミがいる。

「夜からセミを持ち出してきて何するばぁ」

「おもしろいことをするから帰るな……」

弘の瞳が輝いている。

弘はセミを一匹掴む。親指と人指し指で胸と背をおさえられたセミは翅をぶーんと震わせる。弘は膏薬(こうやく)を入れる円い小さな器からの鳥黐(ムツニー)をセミの背に塗り付けると、タバコを買いに行ったとき、ついでに求めてきたと言って、ポケットからほそい2B弾を取り出して信一に見せる。それをセミの背にくっつけると細くのびた導火線へマッチを擦(す)る。とたん、セミはシュルシュルと音を立て光の線を引きながら上がっていき上空で爆発した。

「ほら、セミが空中分解しているよ」

細かく砕け散るセミのからだや翅に火が移る。

「綺麗(きれい)だろう」

弘は籠から取り出したセミを次から次へと打ち上げる。ジッジッと短くなくセミは炸裂音とともに闇の中で花火に変わる。

音がする度、信一は背中に強い衝撃を受けた。

「止めろ！」

信一は思わず叫んだ。

「えっ！　何で？」

弘は意外という顔つきをし、信一の顔を窺(うかが)う。

「これ、僕が発明した花火でおもしろいのに……」

弘はふたたびマッチを擦る。灯に照らされた弘の顔が違ったものに見える。導火線へ火を近づけたとき怒りにちかい感情が信一を襲い、思わず払いのける。炎の消えた微かな灯が弧（こ）を描（えが）き宙へとんだ。立ち上がった弘は両手を握りしめ、肩を怒らせ信一へ詰め寄る。信一は弘の瞳から放たれる異様な光にたじろぐ。

そのとき、赤毛の仔犬が悲しそうな鳴き声を発し、二人の足もとに鼻面（はなづら）を擦りつけてはまとわりついた。我に返り信一から視線を逸らした弘は仔犬を抱き、散らばったマッチの軸（じく）を一つ一つ拾い徳用マッチ箱へ入れる。沈黙が続いた。信一は弘のなかにある何かが自分と違っているのを子ども心に気づく。

悪臭を含んだ空気が二人を包んでいた。

福木の木陰に少年たちはいた。

ヤマングーの持ってきた銃を珍しそうにみんなでいじっていた。銃身や銃口は錆びつき銃床（じゅうしょう）は朽（く）ちている。それはとても銃の体（てい）を保っているとは言いがたい代物（しろもの）だった。

「この鉄砲、僕んちお父(オットー)さんが戦争から持って来たどぉ」

ヤマングーは自慢げに言う。

銃はみんなには重すぎた。腹部まで持ち上げるのがやっとだった。少年たち顔を見合せ溜め息をつき、動かない引き金に人指し指の力を込めたり、木目の浮き出た銃床をさすったりした。

頭上でスズメが鳴いている。信一は指鉄砲で狙いを定めると「バーン！」と声を発する。驚いたスズメは羽音を立て飛び散った。

福木の樹は蜜柑大の果実をつけている。実(み)を見ていた信一が突然叫ぶ。

「おい！　福木実戦争(ゴッカンナー)しよう！」

少年たちは信一のひらめきに目を輝かせる。信一を含めて五人いる。ジャンケンで勝った順に下の組み、残りの二人は上の組みになり、ゴッカンナー戦争を始めることにした。信一は上の組みだった。

すばやく樹に登った信一は左手で枝を掴むと、両足でバランスをとり、実(たま)をもぎ取り、投げる。なかなか当たらない。だが、信一と樹に登った武(たけし)は下で実(たま)を拾おうとしている友だちへ狙いをつけ投げる。「アガ！」尻を当てられた少年は腰をくいと引って笑う。
込め這いずりながら石垣の角へ身を隠す。その恰好が余りにも滑稽なので、枝に隠れ
　樹の上から下ははっきり見えるので狙いやすいが、実をもぎ取るため枝から枝へ渡らなければならない。その隙を狙って下から実が投げつけられる。悲鳴がした。武が脛を当てられ顔を顰めている。声を掛けようとしたとき、実が飛んできて信一の背中へ当たる。信一は苦しそうに目をつむり身体を反る。下から投げられる実は逸れると枝葉に当たっては落ちていき樹の下へ転がる。やがて信一たちが一回投げると、下から二三個の実が飛んでくる。とうとう身を守るのが精一杯の状態になった。それでも実は福木の厚ぼったい葉を突き破り次々と飛んでくる。武が枝越しに指さし何やら喋っている。聞き取れないまま武の指先の方角へ目をやる。樹から少し離れたところで石垣に背をもたせた弘が指先のピパーズ葉を唇にあて吹いている。その妙な物悲しさを誘う音色に少年たちは実を投げるのを止め、弘を眺めている。弘は虚ろな目をしている。瞳の中にゆらめく炎をもったあの夜の弘が今日は寂しさに包まれている。流れてくる音が許しを乞うているようにも聴こえる。
「タイム！　タイム！」信一は声だかに中止の合図をすると、他の少年たちへ弘を遊

び仲間に加えるよう樹の上から話しかける。少年たちはインクルサーの弘を入れることを躊躇(ためら)っていたが、自分たちが優勢なので早く続けたいという思いが強い。

決まると信一は弘へ手招きをする。走って樹を登ってくる弘と目が合う。何か話したそうな素振りを見せる。それはあの夜のことではなく、もっと別のことのような気がした。しかし、話を交わす余裕はなかった。実(たま)が飛び交い再びゴッカンナー戦争が始まる。弘は信一や武よりも巧みに、枝から枝へ渡り、実(たま)をもぎ取っては投げつける。弘の実(たま)は命中率が高い。弘は実のある路沿いの、高い枝、高い枝へと登る。信一から受け取った帽子に実(たま)を入れては渡す。実(たま)を補充した信一と武は勢力を盛り返す。状況が一変する。樹の上から下へと飛ぶ実(たま)が多くなる。石垣の影に隠れた三人は弘の予想外の活躍に顔を見合せ不機嫌になる。ときどき石垣の角から出て実(たま)を投げつけようとすると、高いところにいる弘が合図をするので手も足も出せない。たちまちヤマングーは弘がいまいましくなり、許可したのを後悔し始めていた。

しびれを切らした一人が突破口を開くべく、飛び出したとき、信一が実(たま)を投げつけた。

実(たま)は少年の目に当たった。

低い呻き声をあげ、その場にしゃがみこむ少年にみんなは抱えていた実を放り出し、駆けつける。友だちは信一の投げた実に当たったのを見ていた。

信一と武が樹から下りる。実をもぎ取るのに夢中になって高いところにいる弘はそのことに気づいていない。信一は顔を被っている少年の両手を開けると、びっくりして言葉がなかった。左の目が腫れ上がり出血している。余りの酷さに真っ青になった。武も傍にきて見ている。下の組の友だちは黙ったままだったが、そのうちヤマングーが樹を見上げると、弘へ向かって叫んだ。

「インクルサー！　お前、首から下しか当てられないのを知っててわざとやったなあ！」

信一は驚愕した。

声がとどかないのか、弘は実をとるのに夢中だった。

ヤマングーや他の少年たちが叫ぶ。

「インクルサーがやったんだ。みんなでインクルサーをやっつけろ！」

弘はゴッカンナーが次々飛んでくるのを不可解に思い下を見る。みんなが自分へ投げつけている。たくさんの実が飛んでくる。弘は慌てて樹を見回す。信一やもう一人がいないのに気づく。「ヤナ　ミヤクー、当てれ！」友だちは、弘へ向けゴッカンナーを浴びせるように投げつけはじめる。

　信一は何が何だか分からない状態に陥(おちい)り自分までも投げつけていた。弘は枝を掴みうずくまったままだった。実(たま)は弘の身体(からだ)や頭に当たる。その度に悲鳴を上げ身体をぴくつかせる。信一は路上に転がる実を夢中になり拾っては憑(つ)かれたように投げつづける。逆光で樹の上の弘がただの黒い塊(かたまり)に見える。投げながら胸の内から込み上げてくるものを感じる。弘は身体を丸めたまま信一を凝視していた。

　実(たま)を投げるのを止めた少年たちは肩で息をしていた。静寂が辺りを支配する。樹の上からぽとんぽとんと落ちてくる実(たま)が路上に転がり、しばらくして青い帽子がゆるく回転しながら信一の足もとへ落ちてきた。


　夏休みも終わりに近づいていた。

　信一は縁側で外の景色を眺めながら胸を錐(きり)で突き刺される苦痛を覚えていた。福木に張る大きなクモの巣に蝶が引っ掛かり羽根をばたつかせている。弘のことで頭がいっぱいで呼吸(いき)がつまりそうだった。なぜ、自分が当てたと言えなかったのか悔やんでいた。福木の葉陰でうずくまっていた弘やピパーズの葉を物悲しそうに吹いていた弘の姿が甦(よみがえ)ってくるたびに胸が締めつけられる思いがした。

日曜日で、信一の父は袴下(こした)姿のまま真新しい扇風機の前でごろ寝をしながら新聞を読んでいる。信一は弘とのことを父に話そうと考えてみたものの、厳格な父の顔を見ると、喉(のど)まで出かかった言葉も途切れてしまうのだった。

母が井戸で冷やした西瓜(すいか)を持ってきて食べるように声を掛けたが、信一は柱(はしら)にもたれたまま見向きもしなかった。父が西瓜を食べながら、昨日家へ帰る途中、市場の付近で宮古の子が万引きをして逃げるところを店の主人に捕まえられ泣いているのを人込みの中で見たと話した。

信一は父親の話を聞いていると、万引きの子と弘とが重なり、胸に重いものが被(かぶ)さるようで苦しくなった。まさか……弘が……弘にかぎって……信一は何度も自分に言い聞かせた。

父親は、万引きの子どものことを詳しく訊(き)く信一を不思議に思った。

信一は胸が張り裂けるようだった。

風の吹く蒸し暑い日だった。灰色のひくい雲が風に疾い速度でながされている。ときおり、ぱらぱらと雨粒が落ちる。有線の親子ラジオが台風の近づいているのを知らせていた。東の方角から海鳴（ピーナル）りが聴こえてくる。

信一は通りへ走りでた。

強い風が吹き出している。風が電線に引き裂かれびゅーびゅー泣いている。やわらかい桑の葉が風にいじめられている。

信一は走った。

信一はどんなことがあっても、自分が悪かったことを弘に詫びる覚悟だった。

茅葺（かやぶ）き屋根では、おじさんが身を屈め、茅を飛ばされないように網目（あみめ）の縄を被（かぶ）せている。風に吹き上げられた砂粒が信一の頬（ほお）に当たりちくちくする。

信一はいつか来た道を走っていた。

七町内の宮古部落はもうすぐだった。板戸を釘で打ち付ける音が響く。

宮古部落へと入った。

屋根のトタンが飛ばないように男たちが砂袋を乗せている。信一は走った。道端（みちばた）のギンネムの葉が風にちぎれている。天に伸びた龍舌蘭（りゅうぜつらん）が傾いたまま揺れている。信一は弘が許してくれるか不安だった。

　弘の家へ着く。

　戸がぴしゃりと閉ざされている。信一は台所へ回った。同じだった。釘止めがされてある。茫然としていると隣の家から仔犬の鳴き声がして、老婆が出てくる。老婆は皺くちゃの顔に涙を浮かべ、弘の父親が四五日前に死に、弘は親戚へ引き取られることとなり宮古へ帰ったと言い、赤毛の犬へ視線を向けると、信一という友だちが来たら犬をあげるようにと、弘からあずかったことを話し、紐を解くと信一へ手渡した。

　信一は仔犬をきつく抱きしめると、弘の名を大きな声で呼び叫んだ。

　海は荒れ、護岸を打ち付け弾ける波が激しさを増し、宮古部落を呑み込もうとしていた。

黒い森から

風にゆれるアダン葉の棘を気にしつつ水平線を見つめていた。

遠くでサバニがいくつかの塊になっている。

太陽が照りつけるなか、額の汗を手の甲で拭うと、首筋や背中を思わず掻きむしる。

足下ちかく、熱い砂の上を、殻から抜け出たヤドカリが新しい住処を見つけて入ろうとすると、何食わぬ様子で顔を出す主に戸惑い、ふたたび殻を探しはじめる。ところがなかなか見つからず、動きの鈍ったからだでやっとのこと、サンゴのかけらの陰までたどりつくと、ぐったりしたからだを丸めてじっとする。


少年は誰とも会わず、日がな浜辺で時を過ごしていた。

ハマユウがユリの花に似た香りを漂わせる。この浜辺に村人はあまり寄りつかなかった。近くにアメリカーたちが住(す)んでいるからだ。敷地は小さな学校の三倍くらい。周囲には金網を張った柵がめぐらされ、中は芝の手入れが行き届き、村では見かけることのない建物が七、八棟ある。その白い家々は眩(まぶ)しいくらいで、まるで別世界だった。村の人たちはアメリカハウスと呼んでいる。子どもたちはそこのアメリカーからときどきキャンディを貰ったりしていた。入口のポールには旗がひるがえり、広場ではアメリカーの子どもたちが遊んでいる。道から近くの小屋には村の子どもたちが珍しがる猿もいて、いつもは金網にへばりつくようにたむろっているが、その時間にはまだ早い。みんな家の手伝いに追われている時間だった。

少年だけが違っていた。

少年は他の子どもたちと同じように学校に通っておれば五年生になっているはずだった。

浜辺からの帰りはいつも猿に合図を送り、食べ物を与えたりしていた。金網をよじ登り、ギンネムの枝先に草の蔓でくくりつけた小さな生え芋(ムイアッコン)をさしだす。隙間から手をだした猿は素早くとって旨(うま)そうに食べる。ときたま、ラッキョウをあげる。すると、ていねいに剥いでいて、何もないと、しばらく考え込む仕種を見せたあと、同じことを次々くりかえし、終いには歯を剥き出しにして、甲高い奇声を上げ、両手で激しく網をゆさぶる。

みんなは猿のことを利口だと話していたが、ラッキョウでからかってからというもの、信じなかった。おっちょこちょいで馬鹿だと思った。

砂糖きびはもう少年の背丈を越えている。

ときおり、砂糖きびの葉越しに見るポールの先端に一羽のカラスがとまっている。

去年のことだった。傷ついているカラスが庭先でぴょんぴょん跳びはねているので魚の頭を与えると、目玉をほじくる。その後も屋敷の角の桑の木にとまっていて、口笛を吹くとふわっと肩先へ下降してきて懐いた。ところが隣の子どもたちが石を投げるのでまるっきり姿を見せなくなっていた。

ポールのカラスが一鳴きしたが、気にも留めなかった。カラスはたくさんいる。その後カラスは子どもたちが猿へと投げ与えた猿小屋の周りに散らばる餌をついばんでいた。

とおくに彫像（ちょうぞう）のようにじっとしている褐色の犬がいる。自分のことを大佐（たいさ）と呼ばせるノイローゼ気味で赤ら顔の男が可愛がっている大きな犬で、耳が尖（とが）っている。大佐の自慢の犬だった。

いつも大佐とジープに乗っているのを見ている。葉巻（はまき）をくわえて周りに威圧感を与える大佐にぴったりくっついていた。ときおりピクッと頭を上げ、素早く首を回し、獲物（えもの）を捜すときの射るような目つきに、少年は用心していた。村の子どもたちも大佐の犬と呼び恐れていた。

おじさんたちが酒を飲んでいる。おばさんは魚売りに出掛けていてまだ戻ってない。忍び足で入り込むと、昼の残り物を音を立てずに食べおえ護岸（ごがん）へと向かった。胸くらいの高さの護岸に漁網が掛けられたままになっている。そこへ腰掛ける。半分に欠けた皿みたいな月が西の空にかかり、向かいの島が黒く海に浮かんでいる。少年は輝く星ちかくの目立たない星々を眺めながらこの村にくる前のことを思い出していた。

父が死んでしばらく経(た)った日のことだった。ランプの灯りの下で、母と男が何やらこそこそ話をしている。男は母へ親しそうに話しかける。母は不安そうに男を見つめては小さく頷(うなず)く。ランプのまわりをたくさんの白蟻(しろあり)が飛び交い、翅(はね)をなくした白蟻は床を這(は)いずりまわっていた。

翌朝、少年は船に乗せられる。母や兄が子どもたちの手を握って黙ったまま桟橋につったっている。男は言った。しばらくおじさんのところに遊びに連れて行ってやると。しかし見送られてそれっきり戻ってこない子どもがいるのを知っていた。

漁師(ウミンチュ)の家へ着いた翌日からサバニに乗せられ、沖へ出ると、有無を言わさず海へ投げられる。少年は手足をばたばたするだけで潮水を呑(の)んでは沈んでいく。気を失いかけると身体(からだ)に結ばれた紐(ひも)を手繰(たぐ)られる。それを繰り返しているうちに大抵の子どもは浮くようになっていき泳ぎを覚えるものだが、少年の場合はからきし駄目だった。主人は呆れ返った。ある日、いつものように放り込まれようとしたとき、咄嗟(とっさ)に脚にしがみついたので、転倒した主人が怒ってサバニの垢(あか)とりで少年の頭を殴りつけた。そのことがもとで、頭におできができる。痒(かゆ)くて掻(か)くと瘡蓋(かさぶた)がめくれ、汁がでて蠅がたかる。主人は自然に治る、といい見向きもしなかった。ところがだんだん酷(ひど)くなっていき、蒸れると頭や耳のまわりへ汁がたれて臭いを放つことから、そこの家の者たちは汚いといって寄せつけなくなる。もともと蠅の多い村なのに、お前のせいで蠅が増えたという。そのうち何も手伝わなくていいと言われ、まったくの厄介者になってしまっていたのだった。道を歩くと、近所の子どもたちが群がり、頭の蠅を手で払う真似をして「アカバー」と囃子立てる。少年は見ないふりをして子どもたちを避ける。いつか子どもを殴ったことで折檻を受けたのに懲りていた。おまけに二日間も食事を与えられなかった。怒りを抑えることが少年にとっての身を守る唯一の手段だった。今では何をされても顔に表さないでいることができた。

　月の光の帯が線を引く。ときおり海面をすべってくる生温かい風に波が打ち寄せるのがくりかえされる。海面すれすれにクラゲがからだを蒼白く発光させ、波にゆられている。護岸をたくさんの蟹がゴキブリみたいに這いずる。静かだった。波のざわめきとともに遠くから弦の狂った三線の音が聴こえてくる。島影に月が姿をかくすと、あたりはすっぽり闇に包まれ、星が空いっぱい散らばり、乳液みたいな天の川が輝く星々に挟まれ天頂から南へながれている。

どこからか明け方に出漁するときのサバニのエンジンに似た音が微かな風にはこばれてくる。と、赤い光が点滅しながら近づいてくるものがある。それは大きな音になりしだいに輪郭を現しはじめる。ヘリコプターだった。辺りの空気を切り裂き、目の前を飛んでいくヘリコプターから少年は目を離さなかった。ヘリコプターはハウスの方角へと向かっている。ランニングシャツの裾がぱたぱたする。風が吹き出していた。さきほどまで輝きを競っていた星たちは厚い雲に覆われ姿を消し、海鳥がせわしく鳴きだしはじめていた。

少年はハウスへと向かっていた。

夜中の風雨にまだ小さな福木の実が石垣沿いに転がっている。福木並木を小走りで駆ける。門の角に盛り上がった砂の上で犬が横になって眠っている。咳払いをすると、目脂の溜まった目を開けたあと眠そうに目を閉じる。垂れ耳で肋骨がうきでている。同じ犬でもハウスのものとこうも違うのかと蔑みの眼差しを向ける。セミが鳴きだし、強い陽射しが皮膚を刺激する。汗が吹き出し後頭部や首のまわりが痒くなって思わず掻きだす。瘡蓋からの汁が爪にねちねちする。長く伸びた髪が汁でくっついてかたくなり尖っている。赤身の鰹を食べているのがいけなかった。そのためおできが酷(ひど)くなっている。何と情けないことだ。このままでは家へ戻れたとしても近所のミッちゃんやお母さんさえ気付いてはくれないだろう、早いこと治さないと。いつか芋畑の近くで会った老婆が教えてくれた、ヨモギの葉を煎(せん)じた湯に入るのを明日から毎日続けなくてはと独りつぶやきながら走る。

ハウスから昨夜のヘリコプターの音がしてくる。

少年は急いだ。プロペラの回転音は一段と高くなり、辺りの空気を震わせている。アメリカの旗が見えはじめたころ、空中に浮くように静止していたヘリコプターが機体を前へ傾かせると飛び立った。一目で医者と分かる鞄(かばん)を持った男が髪や服をばたつかせて軍服の男と乗り込んでいた。少年は上空のヘリコプターを見ながら歩く。まるで巨(おお)きなカブト虫だった。呆気ない気分になり、拾い上げた棒切れを金網にあてると単調な音を響かせながら歩く。風が吹き、砂糖きびの葉がざわざわ音をたて波のように遠くまで押し寄せていく。犬の吠える声に立ち止まると、ハウスに目を向ける。紐に繋(つな)がれた犬が苛立っている。棒切れの音のせいだと考えたが違っていた。大佐に何かあったのかもしれない。以前見かけたときよりも凶暴そうだ。犬小屋を行ったり来たりしながらときおり立ち止まっては、少年を睨(にら)む。芝の上では金髪の少年たちがボール蹴りをしながらはしゃいでいる。禁じられているのか、ハウスの外で遊んでいるのを見たことがなかった。身体(からだ)をもてあそんでいるみたいにさえ見える。

少年は猿に気付かれないようにこっそり金網の前を通り越すと一気に走る。芋を欲しがるからだった。からだを屈め虱(しらみ)をとっていた。ユウナ林を抜けると、アダンの繁る浜辺だった。いつもの場所で腰を下ろし、タコの脚のような根っこに背もたれ海を眺める。船が沖へ向かっている。潮が引いていて、岩がたくさん顔を出し浅瀬がとおくまで伸びている。そのまま駆けていけば船まで辿(たど)り着(つ)ける気がした。いつか泳ぎの訓練をさせられたときのことだった。溺れそうになって引き上げられ、死に物狂いでサバニの縁(へり)を掴んで潮水を吐き出していると、主人の股の間から西空に大きな虹が橋のように掛かっていたのが不意に甦(よみがえ)った。わずか一年前のことであったが少年には遠い昔のことのようにさえ思えた。

時間をつぶしたあと、帰り際に掘り起こされた芋畑を歩き、紫の芽を目当てに生え芋(ムイアッコン)を探したが、なかなか見つけることができないので葉の茂る芋畑から盗(と)った。歩きながら芋を囓(かじ)ったが、土が舌先にざらつくので吐き出す。ポケットで擦れ合う芋に、猿の喜ぶのを想像すると早足になる。金網の近くにハウスの子どもたちが小屋を取り囲んでいる。溜め息とも叫びともつかない短い異様な声を発している。深く息を吸い込むとき背中がうごく。みんな一様に手を固く握りしめているが、ときおり手のひらをズボンへ擦りつける。やがて聞いたことのない抑揚の言葉が聴こえる。何をしているのだろう。急いで近くのヤラボの木に登ると、小屋を見る。五六人のハウスの子どもたちが声が出ないように猿の口へ縄を食い込ませ、うつ伏せにして、手足を四方に張った猿の背中の毛を代わる代わる毟りとっている。その度に猿はからだを電流がはしるように激しく悶え、紐を手首や足首へ深く食い込ませる。少年は身体が震え、ざらつく樹皮の厚い木をきつく掴む。ふと、遠くの窓に裸の大佐を見かけたとき、犬が吠えた。大佐の犬に目を付けられでもしたら大変なことになるので葉陰へ顔を隠し、気付かれずに木から下りた。

ハウスでのことが気になり何度も寝返りを打っていた。戸の隙間から入ってくる微風に、破れた袋を腹に抱えたまま干からびた家蜘蛛が部屋の隅っこで乾いた音をたてている。なかなか寝つけなくて渦巻きながれる壁板の木目にじっと目を凝らしているうち、身体だけが浮き上がり夜の海を漂いはじめると、いつの間にかハウスの子どもたちに囲まれ、あの日の猿と同じくうつ伏せになっている。どういうことか大佐もいる。顔を見合わせた子どもたちが少年のランニングシャツをめくりあげると、取り出したナイフで背中の皮を剥ぎはじめる。少年は狂ったように叫び声を上げるが手首や両足がうごかない。果物みたいに一皮一皮剥がされる。そのあと傷跡がたちまち瘡蓋に変わっていき、はった瘡蓋がひび割れ汁がながれ、まるで毛の禿げた犬になる。どこへいったというのかハウスの子どもたちは見当たらない。口を開くと唇の端が裂ける。これでは物を食べることすらできない。家へ辿り着かなくてはと考えるが、袋に入れられたままで、しだいに辺りは暗くなっていく。すると、父の面影の、長い白髪に髭の老人が現れ、袋から出してくれる。老人は黙ったまま少年を凝視したあと踵を返し、森を歩いていく。少年は衰弱した身体を引きずり後を追う。と、立ち止まった老人は少年のほうを振り向き、斜め頭上を指さす。見たことのない白い樹が枝を四方に張り、その上にただれた赤い月が重たそうに浮かんでいる。しばらく白い樹や月に見とれていると、枯れ樹の梢をはしるかぼそい風の音がひとつの旋律となって押し寄せてくる。老人に視線を向ける。老人は着物の裾をなびかせ風のように森をくぐり抜け見えなくなっていく。老人を追おうしたそのとき、背中の瘡蓋（かさぶた）に亀裂がはしり膿汁（うみじる）が飛び散る。助けを求めて大声で叫んだとたん、目が覚めた。びっしょり汗をかいている。少年は身体に手を触れては見回したあと安堵したが、澱（おり）のようなものが身体中に拡がっていくのを感じ嫌な気分に陥（おち）り溜め息をついた。

少年は猿のことが気になり、ハウスへと走った。

村の浜ではスクの大群が押し寄せるということで賑わいをみせている。サバニを走らすものや、タオルを被り、ザルを抱え浸食された岩蔭に待ちわびるものでごったがえしている。まるで祭のようだ。漁師（ウミンチュ）だけでなく村中のものが浜になだれ込む。これは卵から孵（かえ）ったアイゴの稚魚が藻（も）を食べに浅瀬に押し寄せてくるのを一網打尽に掬（すく）いとるのだ。おじさんたちが酒を飲むとき、ちいさく四角に切った豆腐の上に赤ちゃんの指ほどの魚をちょこんとのせて食べているのを見たことがある。スクの腹には何にも入っていなかった。まったくの透明だった。スクの時期になると村人は二三日前から高台に見張人をおき、沖のほうから光る波が押し寄せてくると銅鑼（ドウラン）を打ち鳴らす。そのときは畑を耕しているものも鍬（くわ）を放り、海へと掛け降りる。去年、この騒ぎに、猟銃を持った大佐がジープを走らせ浜へ乗り込んで来たということだった。そんなことで大人たちは「あっさ、狂らぁ大佐よ」と囁き合っていた。二日前から待ってもまだ来ないので、今日こそ間違いない、と村のものはみんなして浜へ向かっていて、何処の畑にも人影はなかった。

　昨日と同じように、小屋の周りに子どもたちが群がっている。

　今日も儀式めいた遊びをやっているのかと息を呑む。昨日より子どもたちの数が増えている。少年はハウス西側のススキの繁っているところへと回り込んで、中を窺おうと考えた。葉を掻き分けながらすこしずつ近づくが子どもたちが多くて見づらい。今度は南のほうへと金網づたいに移動しているとき、枯れ枝を踏み思わず身を屈める。ところが気付かれた様子はない。それどころか子どもたちは誰一人として声を出すものもなく、吸い込まれるように見入っている。さらに猫のような脚はこびで移動する。小屋の中から蜘蛛の糸みたいなものがハウス中央の樹まで伸びている。テグスだ。小屋のドアのノブにくくられている。どうしても中が見たくて、さらに南へと移動を続け小屋まであとわずかの距離へ近づき、ススキの葉陰を抜けるとカヤの上を這い進む。これだと手に取るように見える。中央の身体の大きな子どもが、小屋の入口に掛けたインディアン酋長の帽子を指さし、他の子どもたちに諭すように何やら喋っている。大佐の子どもだ。目の覚める鮮やかな金髪に鳶色の瞳をしている。テーブルの上に竹籠が置かれ、その中にカラスがいる。猿はどこにも見あたらない。奥にいる女の子と人形がちょこんと座っているだけだ。子どもたちがペンキ缶をいくつか開け、かき混ぜる。籠の中のカラスが羽根をばたつかせる。その度に子どもたちは声にならないかみ殺した笑いでお互いを見つめる。大佐の子どもと他の子どものとの意見が合わず、話がもつれていたが、再び昨日の呪文のようなものが唱えられる。小屋の隅で何を焚いているのかときおり異臭が風にはこばれてくる。指図を受けた一人が籠を持ち上げると、数人の子どもが一気にカラスを押さえ、いくつかの刷毛の一つで羽根にペンキを塗りはじめる。しかし思うようにいかない。けたたましく鳴くカラスが子どもたちの手を突っ付くので苛立ち、女の子の側の人形を鷲掴みにしてカラスの前へ放り投げる。これが人形ではなく、体毛のないつるんとした猿だ。思わず恐怖の声が喉の奥から洩れた。と、いっせいに金網の外へ子どもたちの視線が向けられる。秘密を目撃されたのに慌てふためいた子どもの一人が小屋から飛び出ると敵意を剥き出しにペンキを振りかける。咄嗟（とっさ）に後ずさりしてススキの根方（ねかた）に転がる。少年は起き上がりざまに足もとの朽ちたL字の太い木ぎれを拾い上げると投げつける。ところが見当違いに高く回転していき、小屋の網に顔をへばりつけている子どもの額に当たった。即倒した子どもがテーブルをひっくり返す。カラスを押さえていた子どもはテーブルの下敷きになって悲鳴を上げる。その隙にカラスが小屋から飛び立つ。逃（のが）れたカラスは、ポールの先で、彩色された羽根をついばんではつくろぐ。

ほんの一瞬の出来事だった。

小屋から出てきた子どもたちはたちまち金網へと群がり少年を指さす。カラスに逃げられた腹いせのあまり、口々に意味の分からない言葉を発しながら空になったペンキ缶を打ち鳴らし、口に手を当てインディアンの叫び声を上げると、ハウスの入口へと向かって二十人くらいの子どもが駆けだした。

その群れはまるで巨（おお）きな獣（けもの）だ。

少年は恐ろしくなり金網沿いのススキを掻き分けると畑道へでた。

鉄扉のローラーの軋（きし）みが響く。

一つのパワーとなったハウスの子どもたちは入口の鉄扉（てっぴ）をたやすく押し開ける。棒切れやバットを持った子どもたちが大きな暴力の塊と化し、門から飛び出してくる。

　少年は咄嗟に砂糖きび畑へと逃げ込む。砂糖きび畑の中を、葉を両手で掻き分け前へ前へと進む。茎から伸びて交叉する葉はまるで両刃のカミソリだ。払う度に乾いた音を立て手首を傷つける。掻き分けるのが間に合わず、頬や首、鼻先に細い線の痛みがいくつもはしる。速く走ろうとするのと葉を掻き分けるのが上手くいかず焦って進めない。息切らしながら振り向くと、ハウスの子どもたちは見当たらない。喘ぎながら額から目へ流れこむ汗を手の甲で拭う。切り傷に汗がしみる。

　遠くで鐘の連打音がする。

　スクが押し寄せたのだ。

　もしかしたら、ハウスの子どもたちも海へ向かったのかもしれない。そうだとも、自分のようなものを追いかけ回して何の得があるというんだ。少年は都合のいいように考えることで気を鎮めようとしていて、はっとした。あれだ……あいつらはあれを真似たのだ。

　いつだったか、夕暮れどき部屋のカーテンを閉める大佐の様子がいつもと違っていたので、強い磁力を感じ、大佐の家に近い金網下の窪地のカヤを払いのけて忍び寄ると、窓のカーテンの隙間から中を覗いた。すると、素っ裸にした女を、捕虜(ほりょ)みたいに、縛った両方の手首と両足を革紐で突っ張っていて、レコードに針を下ろした大佐が蝶のように舞っては女へ近づいていく。蝋燭(ろうそく)の灯りに剃刀(かみそり)を手にした大佐が息を吸い込むと背中がしずかに波打つ。殺すつもりだ。息を呑(の)んだが、女は悲鳴さえ上げず、顔にかかった前髪を、頭をはねて振り上げると、上目遣(うわめづか)いのまま厚ぼったい赤い唇を斜めに上げ大佐を見つめる。母のものとは違いつんとして上向きの乳首に剃刀の刃先がそっとあてられるとぴくっと肩をつり上げる。大佐はニタッと笑いゆっくり服を脱ぎはじめ裸になると剃刀を握ったまま女へ身体をすりよせていき口づけをしながら身体をしずめていく。十字架の、男の刺青(いれずみ)が右肩でかしぐ。ゆらめく灯りに大佐の背骨の突起が毒虫みたいにうごく。からからの喉(のど)に唾(つば)を呑(の)み込む。剃刀を持った大佐の手が犬をさするうごきになり女の腹部はしずかに波打ち開いた下半身が小刻みによじれる。やがて子どもみたいにつるんとなると剃刀を放り投げ、女の尻に両手を食い込ませて引き寄せ、荒い息を吐き、顔をうずめる。と、女の喉から妖しい押し殺した声が漏れだした。どうなっているのか分からないまま少年の下腹部も燃えるように硬くなっていった。

あのとき、あいつらも……そう、子どもたちの一人が浜辺で肉片を犬に与えているのを見ている。陽が傾きはじめる。少年は腰を下ろし、砂糖きびの根っこに背をもたせ唾（つば）を吐（は）く。乾ききった喉（のど）が痛い。風が吹き、頭の上できびの葉が音を立てる。隙間からの青空にポールの先のカラスがよみがえり、不意に口笛を吹いてしまった。とたん、子どもたちの合図の叫びが飛び交い、ペンキ缶が鳴り響く。立ち上がると葉を掻き分ける。少年が移動するとペンキ缶の音が後を追う。葉音のせいだった。掻き分け進むたびにかさかさ音をたてる。動きを止めると、今度は急かしているのか、打ち鳴らす音がいっそう高くなる。もうどうにもならない。きび畑を完全に取り巻かれ、周りを子どもたちが走り回っている。しばらくうずくまって息を殺していると、ペンキ缶の音がじりじり狭まってきびの葉を踏みしめる乾いた音がしだいに近づいてくる。どこから襲って来ても逃げることができるように絶えず、四方に気を配る。どんなちいさな音でも逃さなかった。まるで身体全体が大きな耳になっている。ふと微かな音を聴いたような気がした。何の音か、何処（どこ）から聴こえてくるのか分からなかった。音を立てずにきびの葉を掴むと、唾を吐く。枯れた下葉は土に垂れ下がり、投げ捨てられた芋からのひょろひょろとした蔓（つる）がきびの根元に伸びている。猿の好きだった芋を引き抜こうとして手を伸ばしたとたんヒッとして尻餅をつく。葉のちかくで大きな毒蛇がネズミを呑み込んでいる。後ろ脚が毒蛇の口もとでばたつく。喉元にくびれのなくなった毒蛇が瞬きしない目で睨む。少年は踵で土を蹴り後ずさる。土塊が尻の下で鈍い音を立て潰れる。ペンキ缶を打ち鳴らすハウスの子どもたちが、きびの葉をかきわけ、入ったり出たりし始める。それでもじっとするしかなす術がなかった。騒ぎがピタリと止み静けさに包まれるとときおり吹く風に葉擦れがいっそうおおきなものに聴こえ恐怖心を煽る。いつもと違うカラスの鳴きごえがする。ハウスの子どもたちの駆けめぐる騒ぎ声からきび畑の中央ちかくにいるのをさとる。もしかしてこのまま暗くなるまでじっとおれば助かるかもしれないと考えることでいくらか気が楽になれる。毒蛇はまだきびの根っこにいる。ネズミはすこしずつ移動させられている。口の中から垂れる尻尾がうごく。腹を噛み裂いて外へ飛び出すことは出来ないのか。ネズミの無力さを嘆く。しばらく止んでいたペンキ缶が単調な太鼓の音のように変わっている。

命令口調の声がする。

聞き覚えのある大佐の子どものだ。

ハウスの方角へ向かう二三人の子どもの足音がする。

少年は苛立ち、茎の先端を掴むと、一本一本踏み倒すのをくりかえす。いざというときに備えて身動きしやすいためだった。たやすく折れたが、上手くいかず汁を出し曲がったままのものもある。足にかかった甘いにおいの汁が指間にむちゃつく。へし折った砂糖きびを棒代わりに持ち、横倒しになったきびの葉を踏みしだくと用心深く視線を移動させた。

微かな風がやわらかいきびの芽の葉のあいだをさらさらながれると草色のバッタがいっせいに飛び立った。と、ハウスの方角から子どもたちの高ぶった叫びと犬が荒々しく吠える。あの、大佐の犬が脳裏をよぎった瞬間、きび棒を放り投げると、瞼（まぶた）を半閉じにしてきびの葉を掻き分け走った。水を掻くようにきびの葉を払いのける。荒々しい葉擦れの音に少年の進む方角を察知したハウスの子どもたちの一人が声を発する。きびの並びに逆らって進むので思うようにいかない。しなる茎に跳ね返され足首に枯れた下葉が絡みつく。それでも走った。きびの葉の間から傾いた太陽がチカチカしてきてようやくきび畑から外の風景が目に入る。一気に森まで駆け抜けなくてはと力をふりしぼり激しくきびの葉を払い退けると、芋畑へと躍（おど）りでた。

とたん、襲いかかってきた犬につんのめり、転がりながら湿った鼻面を背中に感じると、全身に震えがはしった。

ハウスの子どもたちが少年を取り囲んでいた。

目の前の犬が跳びかからんばかりに唸る。数人が紐を握っているが、今にも子どもたちの手を離れそうなくらい突っ張っている。少年が後ずさりすると、激しく吠えつつからだを縮め跳びかかろうとする。犬が前脚で土を掻くたびに子どもたちが引きずられる。金髪でそばかすの大佐の子どもが他の者へ、ハウスからシャベルを持ってくるように命令しているのを仕種や表情で察する。穴を掘り、首から下を埋めるというのだ。頭だけが一晩中芋畑に晒される。考えるだけでも恐ろしくなる。ウイスキーを手にした大佐がこの子へ同じことをしていたのを目撃したことがある。波打ち際で怯える子どもの頭へ、指を銃のようにすると口を尖らせ「ぷしゅ！」という音を連発していた。海ならまだいい、此処だとムカデが顔を這う。それにネズミは抵抗できないと判ると、耳や鼻を食いちぎる。犬に怯えながら思いをめぐらしている間にも、子どもたちは代わる代わるシャベルを土へ食い込ませる。穴はみるまに深くなっていく。

穴から土を放り出しては、少年を見ると、お互い顔を見合わせ掘り続ける。シャベルから吐き出される土が穴の周りに盛り上がる。しばらく経(た)って、シャベルを放り投げて穴から子どもが出てくると、大佐の子どもが口に手をあて、インディアンの真似をする。すると子どもたちが少年に群がり、担ぎ上げ、穴へ放り込んだ。少年は穴から這い上がろうともがく度に周りの土が崩れ、足元に土がなだれ込む。おまけに歯を剥(む)き出しにした犬がうなるので縮こまる以外手だてがない。少年より少しばかり背の高かった子どもたちが、今ではどうだ、見上げるばかりで、たくさんの脚が林のように聳(そび)える。これでは巨人に踏み潰される小人だ。合図がして、シャベルやペンキ缶からの土が頭や肩に振りかかる。土に混じった石が額に当たる。血が滲む。子どもたちは笑いながら見おろす。

少年は泣きださんばかりに頭を押さえうずくまる。

頭上を、土を裂くシャベルの音ときびの葉づれが交叉する。

そのとき、耳をつんざく犬の悲鳴に立ち上がり、つま先を立て穴の周りを見上げる。のたうち回る犬が狂ったように頭を芋の葉叢(はむら)に擦りつけ、岩のようなからだを震わせ、なき叫ぶ。何が起きたというのか。子どもたちの脚の周りで悶(もだ)え苦しむ犬を呆気にとられて見ていると、突然、風を切る音がして、目の前を何かが弾丸のごとく急降下して犬の顔にへばりつく。犬はそれを払おうと前脚を動かしたり、ちぎれるほど頭を振っている。

カラスだった。

まるで果実についばむように犬の顔面に嘴（くちばし）を連打しては飛び去る。犬の目玉がくり抜かれる。ハウスの子どもたちは驚きのあまり茫然と立ち尽くす。少年は穴から這い上がり、近くに犬を見た。血だらけの顔にぽっかりと二つの深い穴がある。子どもたちが皮紐を放すと、転げ回る犬は穴へ落ちた。それでも前脚で空を掻きながら低い声をもらしている。

その断末魔（だんまつま）のなき声は大佐の子どもをたちまち恐怖へ陥（おとしい）れる。我に返った子どもたちは持物を放り出すと、泣き叫び、一目散に逃げ出した。

カラスは倒れた枯れ木に嘴をこすりつけている。

もしかして、と少年は口笛を吹いてみた。と、足元まで飛んできて、ぴょんぴょんととびはね少年を見上げる。少年は屈むとカラスを見つめながら手のひらに唾（つば）を垂（た）らすとカラスへ向かって恐る恐る差し出す。カラスは音をたて吸い込む。手のひらがくすぐったい。指先で喉のあたりや前頭を毛並みにそってなでる。やはりあのときの、魚の目玉をほじくっていたカラスに違いない。彩色された鮮やかな青や赤が夕日に映える。言葉を交わせないのが残念なくらいだ。やがてカラスは舞い上がると頭上をゆっくり旋回する。少年にはそのカラスが単なる鳥には思えず、ハウスのアメリカ人からもらった本にでてくる神の使いにさえ見え、大声で礼をのべ手を振った。太陽の沈みかける森へたくさんのカラスが飛んでいく。カラスは懐かしいこえに誘われているみたいだった。それにしてもこのカラスは独りぼっちなのか、と思いをめぐらしては、少年は自分もおできが治れば再びきれいになれるだろうか、などと考えたりした。枯れ木に舞い戻って少年を見ていたカラスは森からのこえに翼をばたつかせ、一鳴きすると、ゆっくり羽ばたいたあと、森へ向かって飛び立つ。少年は何かに突き動かされるように不思議な気分になりカラスの後を追った。暗くなりかけ、星が一つ瞬き、空だけが深い海の色をしている。少年はぶきっちょな飛び方でときおり羽ばたいたままで静止するカラスを見失うまいと懸命に走った。カラス森の奥にはとてつもなく大きな樹があり、その樹とカラスたちは互いに生かされ合っているという。またそこは大昔に村建ての行われたところだが、数年に及ぶおびただしい落雷のため焼け野が原になったあと、サンゴのような枝だけの木が伸びてたちまち天を覆う大樹があらわれたのだと大人たちは話していた。ほんとだろうか。いずれにしても村の誰もが薄気味悪いといって寄りつかない。

森へ辿り着いたとき、辺りは真っ暗だった。

岩場に腰を下ろすと少年は空を仰いだ。

たくさんの星が輝いている。

東の空に巨きなS字のカーブを描いた星がある。この星が現れる季節になると魚がよく釣れる、と主人が夜の海で星々のつらなりを指先でなぞり、これが釣り針星だと言ったのを思い出していると、流れ星がほそい線をひきながら消えた。地虫が単調に鳴きだし、ときおり梟（ふくろう）が低いこえで啼く。恐くなりカラスをさがす。カラスは少年の近く岩場の木の枝に止まっていた。しばらくすると目が慣れてきて星明りで辺りが見える。びっくりするほどの大樹がある。それが、いわれていたあの樹のことではないかと思ったが、それにしては葉が有り余るほどに繁っている。妙なにおいを感じながらも疲れた身体で岩に背寄りかかり、星空を眺めて、明るい順から数えているうちまたたくまに眠りに落ちていった。

どれくらい眠ったのか分からなかった。

目を覚ますと空が水っぽい青になっていて、星が輝きを失い、汚れた綿(わた)のような雲が海からの風に山のほうへ疾い速度で流されている。岩に背をもたれたままそれをじっと眺めていると、弱り切った身体が雲のように飛ばされていく気がした。岩場のまわりの草が夜露に濡れている。手のひらを草の葉にすべらせきれいにする。冷えきった身体を両手で抱き、風景が少しずつ輪郭(りんかく)を現してくるのを待った。ぎんねむのにおいがする。葉はまだ眠りから覚めきらず両手を合わせている。

カラスは塗料が気になるのか首を曲げては羽根をついばんでいる。そのままでいいのに……少年は胸の内で語りかけていたが、再び眠りに誘われるようにうとうとしはじめる。そのとき、一陣の風が吹き、突如として大樹の葉がいっせいに飛び散ったかのごとく、大きな塊(かたまり)となり少年に迫った。少年は思わず両手で頭を抱え、岩場に身を伏す。けたたましい鳴きごえが森の空気を鋭く切り裂く。黒い産毛(うぶげ)が宙に渦巻く。何というカラスの大群だ。少年は岩の裂け目に頭を突っ込むと顔を覆った。この凄まじいざわめきはまるで森が動きだしたかのようだ。しばらくすると、再び静寂が辺りを支配した。とおくからの小鳥のこえが聴こえてくる。恐る恐る両手をはなすと少年は息を呑んだ。色の付いた羽根が辺りに散らばっている。羽根を抜き取られ頭部のだらりとしたカラスが近くに横たわり、前方の樹には数えきれないほどのカラスが止まっている。少年は血だらけの骸を抱き上げた。綿毛さえ毟られ、内臓が露出している。艶の失われていく嘴やつぶつぶの皮膚を手のひらでさすっていると自分の耳のまわりや頭の瘡蓋がひりひりするのを覚えた。カラスを岩場に横たえ石で囲って一つ一つ小石を積み上げていくうち、涙が頬をつたった。たくさんのカラスが嘴をせわしく木の枝にこすりつけては、羽根をつくろっている。色が災いをもたらしたのか……だとすれば醜いものは醜いままで美しくなってはいけないということなのか、貧乏だっておなじことだ。これでは余りにも不公平すぎる。カラスやこのわけの分からない樹、それに小生意気なハウスの子どもたち、いやそれだけではない、これまで除けものにしてきた多くの者たち、此処へ連れてきた男、母を食いものにしている男こそは許せるはずはない。いつかきっとこの手で打ち倒してやらねばと誓うと辺りに散らばっている羽弁のなかから一つを拾い上げ、指先で木の葉のように回転させながら表と裏を交互に見つめた。

朝日が少年を照らし風が頬をなでる。

逆光に黒ずむアメリカハウスが見える。

様々なことを考えながら歩いていると、銃声が立て続けに鳴り響くので全力で走る。

アメリカハウスに辿り着くと、金網向こうの小屋近くに血まみれになった大佐の子どもや他の子どもたちが倒れていて、ハウスの婦人たちが気違いのように喚(わめ)きたてている。

少年は金網に張り付き顔をめり込ませた。

激しい震えと喘ぎのため握りしめた金網がガチガチ音を立てる。

少年と目が合った大佐は抱いていた犬を下ろし、最敬礼をしたあとくるりと踵(きびす)を回し星条旗を上げながら歌をうたい終え、素っ裸になると、銃口をこめかみに当て、再び少年を見つめ、片言の日本語で「アンタ、ワタシノ　トモダチ！」と叫ぶやいなや、ニッと笑い、引金を引いた。

さようなら、夏の匂い

本土就職に行っていたヤスボゥ兄さんが帰って来た。

ヤスボゥ兄さんは五歳も年上だが、僕を山や川へ遊びに連れて行ってくれた。

そんなヤスボゥ兄さんが帰って来るのだから当然のこと浮き浮きする。それにヤスボゥ兄さんのお母さんは近所の子の誰よりも僕を可愛がってくれていた。

「ヤス坊や親孝行（ウヤコウコウ）ぬ子（ファ）らぁ。大和（ヤマトゥ）からヤス坊ぬ毎月金（マイツキジン）ゆ送（ウク）り来（キ）ぃどぅ、うん家（ヤ）ぬ家計（キナイ）や助（タス）かりうるちょう」

お茶をすすりながら黒砂糖をつまむ婆さんの手の甲は手突（ティツク）といって、矢やまるに星形をしたいれずみがされている。僕から見ればまるで子どもが悪戯（いたずら）して描（か）いたようだ。その見慣れた濃い藍色（あいいろ）の紋様（もんよう）がしなびた皮膚にしみこみ似合っている。

ヤスボゥ兄さんのお母さんから土産（みやげ）だともらったお菓子ときたら、そこいらの雑貨店（マチャー）では見かけないものなので、すぐには口に入れず、何度も眺め、香りをかいだ。中学になって声変わりして、クラスの不良ぽい女の子とキスの経験もある僕なのに、どうしたことかヤスボゥ兄さんと過ごしたころになっていく自分が不思議だった。明日からまた、あの日のようにヤスボゥ兄さんと遊べるのかと思うと、嬉しさでちぎれるほど尻尾（しっぽ）を振る仔犬みたいに興奮していた。

夜中、寝ぼけ眼（まなこ）で、庭にでて小便をしていると、ヤスボゥ兄さんの家の辺りから何やら諍（いさか）いのような甲高い声がしていた。

翌朝、門の前でパイナップル工場へと向かうヤスボゥ兄さんのお母さんと出会う。会釈（えしゃく）した僕に笑みを浮かべたものの、いつもと違っていた。

しかし以前からおばさんが「ヤスボゥが帰って来たら遊びに来いよ」と言っていたのでそんなことは気にも留（と）めなかった。

僕は早速（さっそく）ヤスボゥ兄さんの家へ行った。石垣の門を入るとヒンプン代わりの板垣がある。その裏に苦菜（にがな）が青々と繁っている。ヤスボゥ兄さんの姿が見えないので縁側に腰を下ろす。

ヤスボゥ兄さんが本土就職へ行ってから、ヤスボゥ兄さんの家を伺うことはなくなっていた。小学校へ入学したころ、夏負けしないようヤスボゥ兄さんのお母さんに黒糖を混ぜた苦菜の汁を飲まされたことを思い出す。

茅葺き（かやぶ）の軒先（のきさき）からときおりスズメが飛び立つと、小さな鳴きごえがするので穴を覗（のぞ）く。三匹の雛（ひな）の黄色い口もとがうごいている。雛を掴み捕（と）ろうとして穴へ手を入れる。と、虫をくわえた親スズメが気が狂ったように僕の周りを飛び回るので、思わず手を引っ込める。親スズメはしばらく用心深く厚ぼったい福木の葉の間から僕の様子を窺（うかが）っていた。

手に付いた巣からの羽毛を払い落としていると、裏座から鼾（いびき）が聴こえてくる。ヤスボゥ兄さんだ。急いで上がった僕は裏座の戸を引く。薄暗い部屋で長袖（ながそで）のシャツを着たヤスボゥ兄さんが寝ている。酒の匂いが部屋中に漂っていて、ふつふつ脂ぎった汗がヤスボゥ兄さんの首筋に滲んでいる。僕はしばらく佇（たたず）んでいたが、声を掛けて起こすのは何やら悪い気がして、入ったときとおなじように部屋からそっと抜け出した。

粟石塀（あわいしべい）の上で仰向けになって星を見ていた。

ときどき人工衛星を見つけてはアケミに自慢していた。アケミはヤスボゥ兄さんが来た日から僕が変になっているという。ヤスボゥ兄さんの話題ばかりでつまらないと拗ねるので乱暴に胸を揉んだあと、アケミのところから逃げ帰っていた。何処からかアイスキャンデー売りの鳴らす鉦の音がまるで風鈴のように聴こえてきたり、犬の遠吠えがしてくる。ついさきまでは風ひとつなかったが、海からのゆるやかな風が吹き、じっとしてうごかなかった僕のまわりの空気さえゆれはじめている。生暖かい夜風に夜香花の鼻を刺すにおいが漂ってくる。それは何時か夕暮れの街ですれ違った女の、髪の匂いに似ていた。

そのとき、ひたひたと軽い足音が近づいてくる。僕は塀から落ちないように不自然な恰好で上半身を起こす。

ヤスボゥ兄さんだ。

ところが塀の上の僕に目もくれないで雪駄を履いたヤスボゥ兄さんが通り過ぎていく。慌てた僕は塀から下りて声掛けようとしたが何故か躊躇われた。黒い服を着たヤスボゥ兄さんの後ろ姿が南側から覆われる福木の暗がりのなかに消えてゆき、雪駄だけが一人歩きしているように見えた。

ヤスボゥ兄さんと話がしたくて、毎日のように門の辺りをうろついていたが、なかなか会えなかった。仕方ないのでこっそり裏座へと忍び込む。ヤスボゥ兄さんは今日も寝ている。僕は声を張り上げて起こそうとしたが、嫌われたりでもしたらいけないと考え直して部屋から出ることにした。と、夜香花の白い花弁が俯せのヤスボゥ兄さんの首筋にいくつかくっついていた。

ヤスボゥ兄さんが帰って来てから六日が経っている。

確か、ヤスボゥ兄さんのお母さんは一週間で戻ると言っていた。だが、まだ一言も言葉を交わしてない。こんなことってあるのだろうか。子どものころから何時もヤスボゥ兄さんと一緒だった。ヤスボゥ兄さんと遊んだことを思い出すだけで僕の胸は高鳴るのだった。

小学四年生のとき、渓谷へメジロを捕りに行ったときのことだった。ヤスボゥ兄さんが荷台の大きな自転車を借りてくる。後ろに乗った僕は落とし籠と細竹を持ってバランスをとる。ヤスボゥ兄さんが力一杯ペダルを踏む。風のない夏の日だった。ヤスボゥ兄さんに当たって裂けた空気が僕の顔の周りで小さな渦を巻き、瞼や唇の先がくすぐったい。ヤスボゥ兄さんが力を込めてペダルを踏むたびに身体が反り返りそうになるのを両脚で車体を強く挟む。時間が経つにつれて籠と細竹を持った手が痺れていくのを覚えるが、それよりも嬉しい気持ちのほうが強かった。

青く澄んだ空を、誰かがクレヨンで悪戯したみたいに翅の先が橙色の蝶が忙しそうに飛んでいる。

クラスの友だちがメジロを飼っていて、止まり木を行ったり来たりし、ときおり続けざまに音色のいい高鳴きするのを見ていると、どうしてもメジロが欲しくなり、ヤスボゥ兄さんにそのことを話す。ヤスボゥ兄さんはしばらく黙ったまま考え込んでいたが、意を決したように立ち上がると、塵捨場へ連れていき、廃棄物の錆びついた自転車の車輪からホークを抜き取り、ポケットから取り出した肥後守のノコで大きな石の上に生えた堅いギンネムを切る。それらを持ち帰ると、たちまち錐をつくり、二日後にはメジロ籠を仕上げてくれた。

右手に持っている細竹は竹林からとってきた。これをローソクの炎で炙ってまっすぐにする。その先にムツニーと呼ぶ鳥黐を付けてメジロを捕るのだ。

籠をこしらえているとき、ヒゴにする竹が足りなくなったので、物干し竿を目立たないように切り取ったが、直ぐにばれて母から大目玉を食らう。そのときの僕といったら逃げ場を求めてメジロ籠に入りたいくらいだった。

一人しか通れない細い山道をヤスボゥ兄さんの後ろからついていく。見慣れない果実をつける木にヒヨドリがやかましく鳴いている。しばらく歩いていると小さな谷川に辿り着く。僕は水の中にそっと足を入れる。ひんやりとした快感がつま先からたちまち身体中かけめぐるのを覚える。それから僕らは水面に顔を出した岩の上を水鳥のように跳びはね、上流へと進んだ。ヤスボゥ兄さんは振り返ると、苔の生えている岩は滑るからと注意をする。水音が激しくなる。ヤスボゥ兄さんは水面を流れてくる花びらを見ると、目的の場所が近いことを目で知らせる。

「いるかねぇ」

「あの花が散ってなければ……」

「流れていたあかい花びらのこと?」

「うん」

ヤスボゥ兄さんはエビを捕りに行ったとき、メジロをたくさん見たのを思い出し、僕を連れて来たということだった。やがて岩場をよじ登って渡り進んでいるヤスボゥ兄さんが急に身を強張らせる。

「信一、聴こえるか……」

僕は全身を耳にする。水の流れる音だけではない。ヤスボゥ兄さんと僕は水の中の脚をしずかに引きずりながら急ぐ。しばらくすると一段と激しい水音がしてくる。滝だった。微かに聴こえたはずの小鳥の囀りのようなものがかき消される。察知されたのではないか。僕は気落ちして家へ帰りたくなったが、そのままヤスボゥ兄さんの後ろからついた。水の流れに削り取られた谷川の淵からはみ出た太い木の根に足を掛けてよじ登り、少しばかり歩いたところで、ヤスボゥ兄さんが金縛りにでもあったように立ち竦んだ。駆け寄るとヤスボゥ兄さんの視線の先へ目を向ける。川岸に枝振りのいい一本の樹があかい花を付け膨れあがっている。まるで宙に浮かんでいるみたいだ。そのなかに数えきれないほどのメジロが蜜を吸い飛び跳ねている。メジロの囀りが何やら得体のしれない音の塊になってくる。ときおり辺りの空気を切り裂く連続的な高鳴きが谷川にこだまする。ヤスボゥ兄さんと僕は息を凝らして眺める。まるで山のメジロがこの樹に群がっているみたいだ。我に返ったヤスボゥ兄さんは人指し指と親指の腹に唾を付け、ポケットから取り出した鳥黐を細竹の先に付ける。口をすぼめ擬声を発し、屈みながら樹の下へ歩み寄る。後からついていく。見上げると、樹という巨大な籠の中でメジロが飛び交っているようにも見える。ヤスボゥ兄さんは狙いを定めると、しゅっしゅっと細竹の先をメジロへ当てる。鳥黐に付いてぱたぱたするメジロを手繰り寄せると、羽を傷めないようにていねいにはがせる。うけとると籠の中へ入れる。人を恐れないメジロばかりで捕るのが間に合わない。たちまち籠に入りきれないくらいになる。

「これくらいでいいよぉ」

「ちょっとまて、まだ捕ってやる」

「だってもう入りきれないのに」

ヤスボゥ兄さんは角度を変えては狙いを付けていたが、細竹を岩に掛けると、僕へ向かって言った。

「信一、お前の着ているスプリングシャツ、脱いでごらん」

ヤスボゥ兄さんは僕がスプリングシャツの胸をつまんで引き伸ばし、「これ？」と聞き返しているうちに、また一匹捕って「それっ！」と渡す。僕はメジロをズボンのポケットに入れると、言われたとおりに脱ぐ。

ヤスボゥ兄さんは手際よく両袖を括り、袋のようになったスプリングシャツに枯れ枝を二本入れて、十字状に突っ張らせ、メジロを放し、さっとスプリングシャツの胴口を絞ると、「持て」と言った。僕は呆気にとられる。

メジロが生地を透かして見える。

ヤスボゥ兄さんは絶えず指の腹を舌先につけては細竹の先の鳥黐を軽くもみ、高鳴きするメジロに目を付けると、素早く細竹を伸ばし、くっつける。白い絵の具で目の輪を描かれたみたいなメジロは慌ててキョロキョロする。籠の中のメジロは羽根に付いた鳥黐を嘴でつっつくのに懸命になる。こんなにたくさんのメジロを見ると友だちはどんな顔をするだろう。そのことを考えるだけで落ち着かなくなる。一刻も早く帰りたい気持ちだ。本物のメジロと間違えるほどの擬声を発して、音を立てずに樹の上を窺う姿勢で移動していたヤスボゥ兄さんが突然、突っ立ったまま動かなくなった。

細竹を持った右手が震えている。

ヤスボゥ兄さんは青黒く繁ってちらちら葉を震わすマーニの木に視線を向けている。

「どうしたばぁ」
籠とスプリングシャツのメジロを気にしながらヤスボゥ兄さんのところへ近寄った僕は、息を呑んだ。それは幾重にも身を絡みとられて丸っこくなったメジロが、木漏(こも)れ日(び)を受けた大きな巣の中で白っぽくなっている。細い脚が体からとれかかりゆれている。その傍(かたわ)らには女郎蜘蛛(じょろうぐも)がじっとしている。黒に黄や橙(だいだい)色の斑点(はんてん)があり、胴体からの脚がいくつかのくの字を描いている。ときおり大きな銀の網が布みたいにふわっと波打つ。メジロを食う蜘蛛(くも)なんて見たことがなかった。思わずいいようのないものが身体を駆けめぐる。蜘蛛の巣が微風にゆれるたび蜘蛛がしだいに巨(おお)きくなっていくように見える。そのとき、ヤスボゥ兄さんが細竹(チンブク)を激しく叩きつけて巣を破り、長い脚を異様に動かして逃げる蜘蛛を叩き続ける。ヤスボゥ兄さんは細竹が折れかかっても止(や)めようとしない。恐ろしくなった僕はどうしていいか分からず、泣きだしてしまった。

しばらく経って僕は折れた細竹と白っぽいメジロが足もとに転がっているのに気づく。ヤスボゥ兄さんは僕の肩に両手を掛け、何でもないんだという顔で、屈めた身体から僕を見上げる。そしてメジロを逃がしてくれるよう頼む。僕はなんの躊躇(ためら)いもなくヤスボゥ兄さんのいうとおりに籠を開けた。とたん、ちいさな羽音をたててメジロがつぎつぎ飛んでいく。スプリングシャツのメジロも逃がす。皺くちゃになってあちこち糞の付いたスプリングシャツを着ると僕は惨めな気分になった。帰りも岩の上を渡り歩いたが、来たときのようにはいかなかった。振り返るたび、僕のなかで鮮やかな色に膨らんでいた樹が少しずつ白っぽくなっていく。空っぽの籠を抱えながら足を引きずる僕を見て、ふと思いついたようにヤスボゥ兄さんは、谷川入口近くの池へ向かう。杭から杭へと三本の有刺鉄線が巡らされている。ヤスボゥ兄さんは刺のところに木の枝をあて持ち上げ隙間を広げると、僕をくぐらせ、自分も後から続いた。

　緑色の水面にまるで空から雨粒が落ちているように輪がいくつもいくつも広がっていくのを見ると、ヤスボゥ兄さんは安堵したのか僕を見る。

　しばらく辺りを見回していたヤスボゥ兄さんだったが、突然、ランニングシャツを脱ぐと歯で引き裂いた。びっくりしている僕に、一枚の布になったシャツの片方を掴ませて池の中に入る。それから腕を池の中に沈ませる。僕たちはゆっくりゆっくり移動していく。膝まで捲くり上げたズボンが濡れる。ヤスボゥ兄さんは僕の顔を見つめる。僕とヤスボゥ兄さんは息を潜め布地を黒いものが横切ろうとした一瞬を狙って引き上げる。膨らんだシャツから水が音を立てて引き、薄墨色の魚が布地にぴちぴちはねる。

「それ！　メジロの代わりだ！　これで勘弁しろ……」

笑顔を取り戻したヤスボゥ兄さんが言った。

シャツの上の鯉が尾びれをはねる。水沫が顔にかかる。胸鰭を押さえ掌に乗せてじっと見る。こんなにまじかに鯉を見るのは初めてのことだった。まるい鱗の縁が西陽を受けて妖しい光を放つのを飽きもせず見つめたままいたが、やがてヤスボゥ兄さんに言われるとおり、水に浸したシャツに鯉をくるむとメジロ籠へ入れた。

籠を抱えた僕は上半身裸のヤスボゥ兄さんの自転車の後ろに乗る。そのとき、田中養殖場と書かれた横長の看板を目にした。

ヤスボゥ兄さんは坂を、ブレーキを掛けずにながす。のびた僕のスプリングシャツの裾が風にちぎれそうになびく。後ろを振り向き「落ちるなよ！」と言うとヤスボゥ兄さんは覚えたての流行歌を口笛で吹く。

僕は身体を前へ屈める。ヤスボゥ兄さんの背中に顔がくっつきそうになる。中学生のヤスボゥ兄さんの大きな身体から大人の匂いがするのを感じた。

坂道が過ぎ、福木の木々に沈むようにつづく茅葺き家並みのあいだをゆるくペダルを踏みながら、ヤスボゥ兄さんが言った。

「信一、今日とった鯉、俺んちの井戸に入れて育てるんだ。このこと他の人に言ったらイカンぞ。二人の秘密だ。分かったな」

ヤスボゥ兄さんと二人だけの秘密。僕は全身が痺れる思いで、メジロ籠を覗いた。ランニングシャツに包まれた鯉がときおりぴくぴく動く。

家に着くと、井戸から汲んだ水をバケツに入れながら、怯えるようにして縁に身を沈めている鯉を、僕たちは釣瓶に移しかえ井戸の底へと下ろした。

しばらくすると、まるい鏡のような水面に輪が拡がっていく。

「だいじょうぶ？　死んだりせんかなあ……」

「いつか親戚の叔父さんのところで誰が入れたか分からんが、大きな鯉が釣瓶に入って引上げられたのを見たことがある。心配いらん。それに鯉は縁起ものらしい。将来、信一か俺にきっといいことがあるぞ」

「ほんとぉ。じゃあ心配ないとして、その鯉をいつ上げるわけぇ」

「そうだなあ……。三年後というのはどうだ。きっと信一が抱えきれないほど大きくなっているぞぉ」

三年後と言うヤスボゥ兄さんの言葉に指を折る。

それは中学一年の夏だった。

僕はいつものように粟石塀(あわいしべい)の上で夜空を眺めていた。

ヤスボゥ兄さんは何故(なぜ)、僕に会って話をしてくれないのだろうか。ヤスボゥ兄さんが僕から離れてとおく小さくなっていくようだった。

夏休み前に、高等弁務官から公民館や学校に国旗掲揚(こっきけいよう)の許しがでた。僕の学校でも生徒が群がる中で、校長先生がまぶしそうに広げて紐(ひも)をロープへ結ぶと、ゆっくりゆっくりポールの先まで引き上げる。僕らはまるで鯉のぼりを眺めて無邪気にはしゃぐ子どものように、空高くひるがえる日の丸の旗を、何かしら大きなものに憧れる気分で見上げていた。じっと見ているとときおり日の丸とヤスボゥ兄さんの笑顔が重なったりもした。

僕は頭が悪いし、家には金もない。中学を卒業すると僕もヤスボゥ兄さんのように本土へ行くんだ、と心に決めていた。

ヤスボゥ兄さんとはこんな事もあった。

盂蘭盆（ソーロン）の三日目の送り日の夜は後生（グショー）からきたご先祖（ウヤピトゥ）の霊に、門の側で仏壇からの供え物をお土産（みやげ）としておき、線香を立てみんなで来年までの別れをする。

ヤスボゥ兄さんと僕はメリケン粉袋を持ち、砂糖きびや果物を取りに家々を回った。膨らんだ袋を肩にまわしながら夜道を歩いていると、僕たちの前方の空を星が疾（はや）い速度で斜めに流れていった。

ヤスボゥ兄さんが言った。

「女の子たちがよくいう、星の消えない間に願い事をかけるという、あれなあ、嘘だぞ。俺が小学生のころ、夜中に目覚めて庭で小便をしていると、流れ星を見たんだ。それから二日後、親父が毒蛇（ハブ）に咬（か）まれたんだ。信一、流れ星を見たときは気をつけろ。ほんとうだぞ」

その、毒蛇（ハブ）に咬（か）まれたというのは父から聞かされたことがあった。

僕が二歳のころらしい。

畑へ向かっていると遠くから子どもの叫び声がするので、持物を放り投げ、駆け寄ると、ヤスボゥ兄さんと父親だった。急を告げる指笛を吹いたが、朝の早い時間だったせいかとにかく人がいなかったとのことだった。足首を咬まれて動けない父親の手を握ったまま、ヤスボゥ兄さんは泣きだしそうな顔をしていたらしい。背負うと急いで病院まで駆け、手当てをしてもらったが、間に合わず、とうとう死んでしまったということだった。

一家の大黒柱（だいこくばしら）を失ったヤスボゥ兄さんの家はほかに兄弟が二人いたが、それぞれ親戚の家へ養子にやらされ、長男のヤスボゥ兄さんだけが家に残った。

それからというもの、ヤスボゥ兄さんの家の生活はだんだん苦しくなっていった。ヤスボゥ兄さんは学校から帰ると、お母さんと一緒にリヤカーを引き、屑鉄回収（フルガニコーヤー）の手伝いをはじめた。

その日は、ヤスボゥ兄さんのお母さんが親戚の家の落成祝いで留守だったので、僕とヤスボゥ兄さんの二人でやっていた。道でセーラー服の姉さんたちに出会うと、ヤスボゥ兄さんは恥ずかしそうに学生帽のつばを深く下ろした。

太陽が照りつける昼下がり僕たちは代わる代わるリヤカーを引きながら家々を回った。道でキャッチボールをしている子どもらが、僕たちを物珍しそうに見ている。僕は秤(はかり)の皿(さら)を帽子代わりにしながら歩く。ヤスボゥ兄さんの学生帽はまるで水で濡らしたかのように汗をふくんでいる。地面の熱さは足裏を焦がすほどだった。ぎこちなく歩く僕を見て、ヤスボゥ兄さんは自分の履(は)いている擦り切れたゴムゾウリを僕に貸してくれる。しばらく歩いていくと木陰があったので、リヤカーを止め、一休みすることにした。木陰でじっとしていると身体のなかの熱がちいさな毛穴を押し破るように汗となってふきでてくる。汗はいくつかの玉になり、くっつき生き物のようにくねくねと手の甲をつたってながれ、地面へ落ちていく。暑さで頭がくらくらしながらも僕はそれを面白く眺めた。地面の紫色の染(し)みにヤスボゥ兄さんが頭上を見上げる。

　たくさんの実を付けた桑の木の葉が微風にゆれていた。石垣へ上ったヤスボゥ兄さんが枝を手繰り寄せて、実を摘(つ)まみとり僕に渡す。口に入れると甘い汁が喉(のど)をつたった。葉にくるんだ実を一つ一つたべながら、しばらく石垣へ背をもたせ身体を休めていた。

　ときおり、しっぽの青いトカゲがちょろちょろ愛嬌よく這いまわる。その色はまるでつるりとした陶器の青だ。小石を投げるとびっくりして逃げ回るトカゲにヤスボゥ兄さんと僕は顔を見合わせて笑った。

屑鉄（フルガニ）はまだ、リヤカーの半分ほどだった。

僕らは立ち上がると、またリヤカーを引いて歩き始めた。

石鹸（せっけん）をくわえたカラスが福木の間から飛んでいくのが見える。僕の家でもときどき井戸端から盗（と）られたりしている。カラスがなぜ石鹸を盗るのかが分からない。ヤスボゥ兄さんに聞いてみようと思いながら歩いていると不意にリヤカーが止まるのでのめった。慌てて身を起こすと、左側に立派な門構えがある。田中耕一という表札が掛かっている。大人たちが話している鯉御殿（こいごてん）だ。手入れの行き届いた庭の奥に大和瓦葺きの大きな家が広い屋敷のなかにある。屋根には獅子（シーサー）ではなく鯱（しゃち）が乗っかっている。ヤスボゥ兄さんはリヤカーの取っ手を握り、突っ立ったまま何かを見ている。

そこの家にうすべに色の花が咲いている。

ヤスボゥ兄さんは黙ったまま、リヤカーを引いて門のなかへ入っていった。後から僕もついていった。木の近くまでいくと、ヤスボゥ兄さんは木肌をさすり見上げながら言った。

「信一、きれいだろう。内地ではこの花みたいにサクラの花がたくさん咲くんだぞ。雪もいいけど、それよりも桜がいっぱい咲いているのを見たいなあ」

「そういえば、このまえヤスボゥ兄さんと見た雑誌にも写真があったねぇ」

やわらかい花弁があつまってひとつのかたまりになっている花をヤスボゥ兄さんはじっと見ていた。僕はその花が、メジロを捕りに行ったときの、あの花を思い出させるので懐かしかった。それになぜか透きとおった青空のなかへ溶けていくようにみえる。ヤスボゥ兄さんと話をしていると、芋虫に似たものが小枝を這ってちかづいてくる。僕は気味がわるいのでゴムゾウリで払い落とそうとした。と、ヤスボゥ兄さんが大げさな恰好で僕を制止しながら、

「信一、この虫は蝶になるんだ、蝶に。今はこんなに醜くたっていつかきれいな姿で空をとぶんだ。だから……」

さとすように言う。僕はヤスボゥ兄さんの気持ちが何となく分かる気がした。ヤスボゥ兄さんは僕から取り上げた擦り切れたちぐはぐなゴムゾウリを渡すと笑った。虫の動きはあまり変化のないようにも見えるが、波打たせるからだは一所懸命そのものだった。僕がゴムゾウリを履くのを見ると、ヤスボゥ兄さんはリヤカーの取っ手を引いた。

門を出ようとするとき、玄関の引き戸が音を立てて、浴衣姿の小太りのおじさん

が出てきた。色白のおじさんは眼鏡の奥から瞬きしない細い目でじっと見ている。僕らは気にも留めずに歩きだしたが、おじさんの声にリヤカーの取っ手を握ったヤスボゥ兄さんが振り返る。おじさんは僕たちに手招きをする。もしかしたらお菓子でも貰えるのではないかと僕は駆け寄った。ヤスボゥ兄さんもリヤカーを回しておじさんの前へいくと軽くお辞儀をした。

「屑鉄、そこへ置いていきなさい！」

ヤスボゥ兄さんと僕は顔を見合せたが、直ぐさまおじさんを見上げた。

何を言っているのかさっぱり分からない。

「裏の物置小屋から盗ったんだろ！」

僕はただ驚いたままヤスボゥ兄さんに視線を向ける。

きょとんとしながらもヤスボゥ兄さんは応えた。

「僕たち、ただ、花がきれいだったので見にきただけです。この屑鉄は余所で買ったものです。ここから盗ってないです」

「嘘つけ！　お前らはいつも少しだけ買うふりして、ちょろめかしている。これもそうだろう。お前たちはドロボウだ」

「ドロボウ？」

ヤスボゥ兄さんは唇を強く噛みしめおじさんを睨んだ。おじさんは懐から取りだした煙草に火をつけると深く吸い込んだあと、狡そうな目つきで煙を吐く。ヤスボゥ兄さんの手が小刻みに震えている。僕は何度も盗ってないと話したが、おじさんは聞き入れない。ヤスボゥ兄さんは乱暴にリヤカーの向きを変えると取っ手を引いた。

リヤカーは動かない。おじさんがリヤカーの外枠を掴んでいる。

「置いていけというのが分からんのか！」

振り返ったヤスボゥ兄さんは激しい口調で「盗ってないったら盗ってない!!」と大声を張り上げた。

そのとき、福木から僕たちを見ていたカラスが間の抜けた低いこえで鳴いた。僕は不意に怒りが込み上げ、リヤカーの車輪のところにある石を拾い上げると、カラスに当てるつもりが、勢い余っておじさんに向けて投げつけていた。おじさんの耳の傍を抜けた石はガラス戸に当たり、破片が飛び散り、腕を組んだまま微動だもしないおじさんの足もとちかくへゆっくり転がった。木から飛び立ったカラスが羽音を立て僕の前方を横切る。僕はヤスボゥ兄さんへ合図をすると、後ろを振り向かずに駆けた。僕は入り組んだ道を選んで走った。ただ逃げることしか頭になかった。走っているうち、激しい息切れがしてきて足もとがもつれ、周りの風景がゆれる。それにゴムゾウリが踵（かかと）でぺたぺたして走りづらく、いつもと違う感じだった。痛くなった横腹を押さえながら走っているとやがて坂道に差しかかった。此処（ここ）までくれば掴まる心配も無いだろうと、後ろを振り向いた。ヤスボゥ兄さんがいない。思わず身体の力が抜け落ち、道の傍でうずくまった。唾（つば）を吐（は）いた。ぬめったものが糸をひく。下水溝の窪みに曲がった大きな釘（くぎ）がある。錆びた釘の頭がとれかかっている。ヤスボゥ兄さんはリヤカーを置いたままでは逃げられなかったのだ……ヤスボゥ兄さんがおじさんに捕まえられていると思うと、自分だけ逃げてきたことを悔やんだ。不安で胸が締めつけられた。

　これでは、ヤスボゥ兄さんがほんとにドロボー扱いされてしまう。どうすればいいんだ……動揺している僕の後ろから何かが覆いかぶさる気配がするので思わず振り向く。誰もいない。石垣の傍で前肢を伸ばした犬が目脂（めやに）を溜（た）めた目を薄く開けて、眠たそうに僕を見ているだけだった。頭上を見上げると太陽が雲に隠れる。雲は汚れた綿のようだ。立ち上がると、再び来た道を歩く。足の裏からじわじわねばっこい汗がでている。右足のつま先が鼻緒からつるりとはなれて地面を踏む。抜けたゴムゾウリの鼻緒が足首に引っ掛かる。鼻緒を穴に押し込むが、胸がわさわさしていてうまくいかない。ゴムゾウリを強く握(にぎ)ると片足のまま走った。鯉御殿の近くに来ると、速度をゆるめたあと、歩きだし、固唾(かたず)を呑(の)み恐る恐る石垣の角から顔を出し、門の辺りを見た。四五人のおばさんたちがリヤカーの周りで何やらひそひそ話をしている。僕は見つからないように場所を移動しては、目が痛くなるほど見開きヤスボゥ兄さんの姿を探したが、何処(どこ)にも見当たらない。僕のちかくへおばさんたちが歩いてくる。僕は顔を隠すようにうずくまると指先で地面へ字を書いている振りをする。通り過ぎるおばさんたちは僕に気を留めず言葉を交わしている。なんと、それは屑鉄(フルガニ)を盗(と)っているところを見つけられたヤスボゥ兄さんが、おじさんを押し倒したあと、石を投げつけ逃げて行くのを、通りかかった学生がヤスボゥ兄さんを取り押さえ警察署へ連れていった、とのことだった。嘘だ、まったくの出鱈目(でたらめ)だ。僕は突如として込み上げてくる怒りを抑えることができず、すくっと立ち上がり、近くに転がっている空き缶を思い切り蹴飛ばした。おばさんたちが振り向き、咎(とが)めるような目つきをする。おばさんたちへ、違うんだ、ほんとはこうなんだ、と叫びたかったが、思わず俯(うつむ)いてしまっていた。

　僕は警察署まで来たが、どうしていいか分からず、ただ建物の近くをうろうろしているばかりだった。署の構内にある広い建物のなかでは防具をまとった男たちが剣道の稽古（けいこ）をしている。じっと相手の出方を待っている男が、突然、素早い動きで突進していき、激しい掛け声とともに竹刀をふりおろす。炸裂音が辺りに響く。僕は思わず身を縮める。荒い息を吐きながらもヤスボゥ兄さんのことが再び脳裏を掠める。ヤスボウー兄さんはどうしているのだろう……まるで心臓が、あのごっつい男たちに鷲掴（わしづか）みにされているようだ。額の汗を手の甲で拭いながら、僕は太いモクマオウの根もとに腰を下ろして通りに目をやった。跳ね上がったトランクの内側へ映画のポスターを張り付けた乗用車が、歌を流しながらゆっくり走っていく。その後をビラを取るのに懸命な子どもたちが追っ掛けていく。太陽が建物に隠れはじめる。活気のある声で腰の太いおばさんが小魚（ガチュン）を入れた盥（たらい）を頭にのせながら通り過ぎていく。僕はうずくまったまま足もとへ目をやった。蟻（あり）が穴へ向かって列をなし移動している。辺りがしだいに薄暗くなっていく。窓に鉄格子の掛かった警察署の建物が黒ずんでくる。深い溜め息をつく。その度に身体が萎（しぼ）んでいくようだった。しばらく止んでいた竹刀の音がまた耳に入ってくる。僕は喚（わめ）きたくなり思わず立ち上がった。

そのとき、西のほうから女のひとが走って来る。

ヤスボゥ兄さんのお母さんだった。

僕は思わず駆け寄る。

ヤスボゥ兄さんのお母さんも僕を見ると立ち止まる。ヤスボゥ兄さんのお母さんは、見たことのないほど強張った表情をしている。僕は何から話していいのか分からず吃ったままで警察署を指さすのが精一杯だった。僕の目を見つめたお母さんは駆けていった。僕も後から付いていったが、怖くてとても入りきれなかった。それでもときどき入り口近くから中を覗いていた。

電球が点いている。

ヤスボゥ兄さんは奥の隅っこにいるはずだが、警察官たちに隠れてよく見えない。

ヤスボゥ兄さんのお母さんが何度も頭を下げている。

どうしてなんだ。悪いことをしてないのに……。

ヤスボゥ兄さんのお母さんは机の警察官を相手に、背を丸め、頷きつつ、紙に鉛筆を走らせている。

何を書いているのだろう……。

しばらくすると、ヤスボゥ兄さんのお母さんの安堵の声と警察官の高い声や椅子を引く音がして、ヤスボゥ兄さんとお母さんが出てきた。
ヤスボゥ兄さんは入口の壁に背を付けて俯いている僕のところへきた。

「信一、どうした？　ずっと居たのか？」

何か話そうとしたが、言葉にならなかった。僕はヤスボゥ兄さんの顔を見ると、思わず泣きだしてしまった。ヤスボゥ兄さんは歩きながら、僕の頭を脇腹のあたりに挟む。皺くちゃになった僕の心をヤスボゥ兄さんのぬくもりがすこしずつもとどおりにしていく。後ろのヤスボゥ兄さんのお母さんの目に光るものが見える。僕たちは警察署から無言のまま歩いた。月が出ていた。どうしたことか、月が天の穴のように見え、そこから冷たい風が吹き抜けてくるようだった。しばらく歩いていくと、道の側に空っぽのリヤカーがぽつんと見える。取っ手が月明かりに鈍い光を放っている。ヤスボゥ兄さんのお母さんがリヤカーに手を触れると、激しく撥ねつけたヤスボゥ兄さんは自分で取っ手を握ったまま、屋根に鯱のある家を見つめたまましばらく立ち尽くしていた。

あの、うすべに色のきれいな花が赤黒い腫れものに見える。

ヤスボゥ兄さんはリヤカーを引いた。歩いているうち、ヤスボゥ兄さんの肩がすぼんでいき、背中がすこしずつ波打ちだした。

「ドロボウ扱いしたうえに屑鉄まで取り上げて。畜生！　金があるからといってバカにするな！　余所者のくせして……」

　堰を切ったようにヤスボゥ兄さんが大声を出して泣きわめく。僕は何ともいえない辛い気持ちになりながら寄り添う。道沿いの家から魚を煮ているにおいが漂ってくる。僕たちはただ歩いた。坂道を上がって、家が近くなってきたとき、突然、ヤスボゥ兄さんが振り向き、「俺、中学を卒業すると内地へ行く！　金持ちになってあいつらを見返してやるんだ!!」殴りつける口調でお母さんへ言い放った。


　風が吹き出していた。

　ヤスボゥ兄さんとの思い出に浸っているうち、さっきまで星が瞬いていた空にいつの間にか雲がかかっていて、たくさんの海鳥が仔猫みたいに鳴きながら飛んでいく。何故だろう。ヤスボゥ兄さんは本土へ行って変わってしまったのだろうか。それとも大人になって僕などどうでもいいようになってしまったのだろうか。大粒の涙が頬を濡らした。雲が疾い速度で流されていく。強い風が吹き、福木の実がつづけざまに落ちた。そのままこうして一人でいたかったが、粟石塀（あわいしべい）から飛び降りて歩いた。自転車に乗ったアイスキャンデー売りのおじさんが鉦（かね）を鳴らしながら笑顔を向けゆるい速度で通りかかったが無視する。

家に入ると、雨戸を開けたままで、エビのようにまるくなっていた。と、柱と板戸の隙間から忍び込んできた家グモが、身体の下からだらりとのばした腕にそって移動していて手のひらにひょいとよじのぼるのを見つめ、ぎゅっと握りつぶす。べとっとしたものを畳に擦り付けたが、ねばねばする感触は残ったままだった。軒下に掛けてある洗濯物が戸を打ちつけている。やがてゆるく眠りに落ちていくとき、ヤスボゥ兄さんの雪駄（せった）の音を聴いたような気がした。

重く被さる炸裂音に目を覚ます。

雷（かみなり）だった。

僕は両手で耳を覆った。

鼓膜はまるで風に震えひらひらする破れ障子（しょうじ）だった。

何故（なぜ）か、ふとアケミに逢いたい気持ちに囚（とら）われる。アケミに僕のこの気持ちを聞いて欲しかった。鳴り続けていた雷もやがて玉を転がす小さなものに変わっている。僕は天井の暗がりへ視線を向けたままだった。つーん、という音が耳の奥から押し寄せてくる。

静寂そのものだった。

身体を捩（よじ）り戸の隙間から外を見る。風は止んでいる。生気のない犬が庭を横切っていく。起き上がると門を出て歩いた。立ち止まった犬が僕を見たが、すぐに何でもなかったみたいにとぼとぼ歩きだし闇の中へ消えていった。湿っぽい空気が漂っている。いつもの風景の輪郭（りんかく）だけが微かに見える。歩いた。僕はいつの間にかヤスボゥ兄さんの家の門を突き進んでいた。ヤスボゥ兄さんのいるところへと独りでに足が動いている。ふと、炊事屋（トーラ）の西側の井戸から、水の音がしてくるので足音を立てずに近づいていく。気のせいか、音は井戸の中から聴こえてくるようにも思える。そのとき、空に鮮烈な稲光が疾ってヤスボゥ兄さんが飛沫（しぶき）を上げて立ち上がると、大きな鯉（こい）がのたくる。思わず声を漏らした僕は目を見張る。耳をつんざく凄まじい雷音と閃光がひっきりなしに起きる。僕を見つめていたヤスボゥ兄さんが盥（たらい）へと振り返ったとき、青黒い斑状（まだらじょう）に覆（おお）われた背中の鯉が身を捩（よじ）って消える。ヤスボゥ兄さんと向き合う。塑像（そぞう）

のような引き締まった身体の線が目に映る。眩暈(めまい)を覚えた。雨が降りだしたが、なおもひくつく閃光のなかで僕はヤスボゥ兄さんを見つめつづけた。濃い眉の奥の目は僕の知っているヤスボゥ兄さんではない。しおれた花のようでまるっきり違っている。ヤスボゥ兄さんと僕は一言も言葉を交わさず井戸を挟んで雨に打たれたまま立ち尽くした。

僕のなかでもつれていた糸がほぐれはじめていた。

あれから十日余りが経(た)って、ヤスボゥ兄さんは本土へ行ってしまった。

僕は毎日、裏座で寝ころがっていた。とても外で遊ぶ気になどなれなかった。アケミが訪ねて来たが口を利(き)かなかった。

畑へ行くまえに部屋を覗く母が今日は何とも無かった。朝も様子が違っていた。門の前でそわそわしていた。新聞配達の子どもから新聞を受け取り、急いで開いていたがそそくさと炊事屋(トーラ)へいった。父もそれを見ていたが何も言わず、ただ庭を眺めていた。

節穴(ふしあな)から射し込んだ筒状(つつじょう)の光が壁にあたって、ヤスボゥ兄さんの家が逆(さか)さに映っている。

二番座ではいつものように手突（ティック）をちらつかせる婆さんたちが集まりお茶を飲んで話をしている。

「あんじ若（バガ）さぬ子（ファ）ぬどぅらぁ　哀（ガマラ）そうらぁ」

部分だけでよく聞き取れなかったが、たちまち悪い予感が全身をめぐる。荒々しい手つきで戸を開けると部屋をでる。僕を見た婆さんたちが吃驚（びっくり）して見上げる。僕は乱暴に部屋中を歩き回り、いつもと違うところに折り畳まれてある新聞を見つけると、狂ったように目を走らせていて、はっと息を呑んだ。

――石垣島出身の大浜安彦、ヤクザどうしの喧嘩に巻き込まれ腹部を刺されて死亡――という見出しの記事があった。ヤスボゥ兄さんの顔写真が笑顔で僕を見つめている。

その夜、夕食もとらず粟石塀（あわいしべい）の上で独り夜空を眺め、ヤスボゥ兄さんの本土での三年間に思いを巡らしていると、西の空へほそい線をひきながらちいさな星が一つながれていくのを見た。

ヤスボゥ兄さんがお母さんの胸に抱かれて帰ってきた数日後、見たこともない大きな鯉(こい)が屍臭を放ち井戸に浮かんでいたとの話を耳にした。

中国服(チャイナ)の少年

街は賑わいを見せていた。

いかにも観光客と一目で判る装いの娘たちが言葉を交わしながら歩いている。

照りつける陽射しのなかで私は汗を拭き、信号が変わるのを待っていると、ふと信号機の向こうにある原色の建物が目に付く。

腕時計を見る。十一時前だった。

予定していた仕事を済ませ、気持ちの上で余裕があった。

その赤い中華飯店を仰ぐ。十二、三階のビルの一階だった。

中へ入ると奥のほうにある座敷の円卓に席をとる。チャイナドレスのウエートレスが運んで来た冷水を一気に飲み、背広の内ポケットから手帳を取り出し、メモに目をやると最後の欄にボールペンの赤で線を引いた。

先ほど県庁の局長と会ったことで、大型のプロゼクトであるリゾートホテルの計画が完了し、二年後にI島のK村に建つことになった。土地の買収も着々と進めているところであった。

私は沖縄出身だということでこの計画に抜擢(ばってき)された。一時は暗礁(あんしょう)に乗り上げどうなることだろうかとやきもきさせられた成功の裏には私の力があったものと自負している。

店内は静かで客は私一人だった。料理が運ばれて来たとき二、三人の靴音がする。

私はウエートレスに話し掛けた。

「こんな早い時間に入る客もいるんだね」

「あら、お客様も早いのではございませんか?」

「私か……今日は特別なんだ」

ウエートレスは振り返り、エレベーターに向かっていく後ろ姿の男を見ると笑みを浮かべる。

「あの方はお客ではありません。うちの会社の社長さんですよ」

部屋の戸は開いていたもののウエートレスに隠れて、男の姿は見えなかった。

「中華料理の店だけとはちがうのか……」

ビルは見慣れている筈なのにどうしてこれほど高いという印象を持ったのか不思議なものを感じながら、やがて運ばれてきたスッポン料理を口にし、舌鼓を打つ。何という美味さだ。沖縄でこれほどのものが食えるとは正直いって思ってもみなかった。

ドアの開く音がして五、六人の靴音がする。

時計を見る。十一時三十分だった。客は隣の部屋に入った。

お客の雑談がはじまる。

「大したもんだなあ。こんな立派な建物をたてて、味も沖縄では一番というではないか。いつも混んでいて入れないというから今日は早めに来たんだよ」

懐かしい口調であった。

I島の人たちだ。

本島の人たちの言葉とは違うやわらかさがある。

「壁の龍の軸物も悪くないねぇ。あの人は龍の絵が好きだといってたなあ」

「そうらしい。何でもあの方の店にはこれが掛けられているらしい」

隣の人たちの話を聞くともなく聞いていた私はあらためて見回す。気づかなかったが、やはりそれがある。龍が雲をかきわけ天に昇っていくという、何の変哲もない構図だが力強く勢いを感じさせられる。

「沖縄だけでなく、大阪にもチェーン店を広げているとの話しだよ」

私は不意をつかれた思いがした。そうだ、あの時の、あの味だ。五、六年前大阪の支社に出向いた折り、或る繁華街の中華料理に立ち寄ったことがあった。そう言えば、そこにも龍の軸物があったのを思い出した。もしかしたらあちらも同じ経営者かもしれない……。

「あの人はこれだけではなく台湾やフィリッピンとの貿易でも大変な利益を得ているらしい。ここの三階から上の大方がその関連の事務所だということだ」

「しかし、あの方の功績は何といっても沖縄にいろんな熱帯果樹や園芸植物を広めていることですね。それから島にも年に何回か帰っているようですが、こんなに出世していても威張ることなく、作業服のまま畑をまわっては農家の人たちと接触したりして、新しい苗などを分け与えています。金儲けだけの人とは違いますよ。やはり林龍男さんはなかなかの人物です」

「時代が変わったもんだなぁ。わしらの若いころとは……」

年輩の人の言葉に箸を休め、煙草に火を点けると深く吸い、林見福、と呟く私の頭の中をいくつかの画像が渦を巻いては通り過ぎる。

私は遠い日のウナギ売り親子のことを思い出していた……。

それは今から三十五年ほど前のことで、私が小学四年生の夏のことだった。

そのころ、私たち親子はI町から離れたM村に住んでいた。私の父は戦前内地で仕事をしていたが病に倒れ療養生活を送っていた。終戦後しばらく経って、郷里のI町に戻ったが在るはずの家はなかった。両親は戦争で亡くなったのだと言っていたが、そうではなかった。それは父のこれまでの行動が原因で村八分にされ、生活苦のため死んでしまったと村長が母に話しているのを、盗み聞きしたのだった。私たちがM村に住むことになったのは、父の友人の紹介で村長の家近くに空き屋があり家さえ管理すれば家賃は払わなくてもいいということがあったからだった。父の病気のこともあり、私たち家族にとっては願ってもないことではあった。

いつもなら雨乞いのため御嶽に白装束をまとった神司が何やら願い事を始めるのに、あの年は違っていた。夏だというのに異常に雨が降り続け、村の人たちは苛立っていた。

その日も朝から雨が降っていた。

私は捕まえてきたカタツムリを縁側で競い合わせていた。ゆっくり這いすすむカタツムリのレースは時間つぶしにはもってこいの遊びだった。私は縁側に頬をつけ間近に見ながら指で床を打ってはカタツムリを急(せ)かし、独りで声を上げていた。と、数匹のカタツムリの向こうの人影に気づく。

私は立ち上がった。

ずぶ濡れになった親子が突っ立っている。黒の中国服(チャイナ)の上着に薄汚れた長めの白の半ズボン姿だった。線を引いたような目で私を見ている少年も同じ服装だった。男は肩に掛けていた袋を足もとへ下ろす。袋の中で何かがもぞもぞしている。

「母さんいるか」

男がたどたどしい口調で私に訊(き)く。

私はこの不意に訪れた客に戸惑(とまど)いながら奥の部屋にいる母を呼んだ。

現れた母もその親子に怪訝(けげん)な顔をしていたが、男は袋を開けて見せ「ウナギ食べる、旦那さん病気治るあるね」と話し掛けるので、母は病状のはかばかしくない父のことを思い「切り身にしてくれるなら」と言った。ぺこぺこ頭を下げる男はお安い御用という恰好で笑いながら一匹掴み上げる。母が台所からまな板を持ってくる。男は掴んだウナギをまな板へのせ、頭へ釘を一本、尻尾の先へ一本と打ち付け、動かないようにすると、手際よく包丁でさばきはじめる。

　私は少年の持っている袋の中で絡み合いながら蠢いているウナギを見ていると何だか自分でも触ってみたくなり、袋へ手を入れ掴みあげた。とたん、ウナギが手からぬるりと抜け落ちる。私と少年は慌てて地面を這うウナギを追っていると、今度は袋の中のウナギが逃げ出し捕らえるのに大騒ぎとなる。けっきょく、数匹のウナギは迷路に似た石垣のすき間に入って取り出せなかった。

　母は男に詫び、逃がしてしまった四匹分も含めて代金を払おうとしたが、男はただ笑っているだけで受け取ろうとはしない。少年は細い目で私を睨んでいた。帰りに母が「破れた傘ですがよろしかったら」と言い、渡そうとしても、首を振り、受け取らずに雨の中を歩いていった。

　そのことがあって、たびたびその中国服の親子は私の家へウナギを売りにきた。男は滑稽な日本語で母を笑わせながら行商での変わった話などをする。父もときどき裏座から顔を覗かせ、男の話に聞き入っていた。

お蔭で私はその少年と遊んだりする。少年は私と同い年であったが身体が大きくとても四年生には見えなかった。五、六年生と見間違うほどだった。ところが、初めのうちは声を掛けても返事さえなかった。いつも門にもたれ木切れで地面に絵を描いていた。私はウナギだと思い「太ったウナギだ」と話すと、私を見上げたあと、龍という字を書く。言われれば龍に似てなくもないので謝る。すると少年は片言の日本語と手真似で私に喋り始めた。

　自分が中国人ではなく台湾人であること、一年前から山に囲まれたN部落に住んでいて名前を林見福というのだと話してくれた。私も母や病気の父のことなどを話す。しかし台湾の少年、林見福が過去の出来事を私に話してくれたのはキャッチボールをしたあの日のことからだった。

　井戸の近くの広場で投げ合っていたが、林見福のボールが高すぎて、隣の物置小屋の庇に当たったボールが井戸に落ちてしまった。林見福は井戸の縁から身を乗り出すようにして、井戸の中で浮かんでいるボールを何とかしなくてはと焦る。私は釣瓶を下ろすと、ボールに近づけるため、縄をそっと動かして入れようとするが、なかなか入らない。滑車の軋む音に林見福の父親や私の母も来て手を貸したりしたが、上手くいかず、そのうち急に横殴りの激しい雨が降りだし、とうとう諦(あきら)めざるを得なかった。そのときも林見福たちは雨に濡れて帰っていった。

　私はときおり左手のグローブを右の拳(こぶし)でポンポンと鳴らしながら思い出したように井戸へ行き、浮かんでいる白いボールを見たりする。ボールとグローブは闇市(やみいち)で父が買ってくれたものでとても大事にしていた。ボールにしてもI町に行ってもなかなか買えなかったので諦めきれずにいた。

　翌日、林見福が来る。私を見ると笑顔で「ボール取れる！」と、声だかに話す。林見福は金属製の網籠(あみかご)を見せる。父親が蟹(かに)を捕っているのを見て閃(ひらめ)いたと言うと、釣瓶(つるべ)を外して結び換えると、するするっと下ろし、難なくボールを引き上げる。私はボールを手にすると林見福と抱き合った。傍(そば)で見ていた母も彼の頭を撫(な)で「機転の効(き)く賢(かしこ)い子ね。将来きっと偉い人になれるわよ」と褒(ほ)める。林見福の目がさらに細くなった。

　あのときの彼の笑顔を今でも忘れることが出来ない。

　母が家へ戻った後も、私と彼はいろんなことを語り合っていたが、ふと彼が井戸を覗き込み黙りこくった。彼を見て私も井戸へ視線を落とす。井戸の底には何も無く、彼の寂しそうな顔が映っている。それから水面に雫が落ち輪が一つ二つ広がっていく。林見福の涙だった。彼に声を掛けるのが躊躇われた。私はただ映っては崩れていく彼の顔を見ていた。

しばらくして彼がぽつりぽつりと話しはじめた。

それは、こんなことだった。

彼が台湾にいるころ、お母さんが日本の軍人であった人に騙され内地に連れ去られたとのことだった。父親は彼を連れ行商をしながら、軍関係の商人だった人たちに聞いて回ったが、誰一人として母親のことは分からなかったという。ところがある日のこと、K港で母親に似た女が男と乗船するのを見たという人が現れる。その人にそのことを詳しく聞いたが、沖縄の離島の男らしいということまでしか手掛かりは掴めない。それでまず、台湾人移住者の多い此処I島のN部落へと渡って来て、ウナギを売りながら家々を歩き回って捜しているということだった。

私がこのことを母に話すと、林親子に対する接し方が変わり、これまでよりも林見福を可愛がった。

あるとき私は母に、どうして父と一緒になったのかを訊いたことがあった。なぜそのようなことを訊く気になったのか自分でもよく分からなかった。そのときは黙ったまま何も喋ってはくれなかった。が、後になって九州の炭鉱の街に病気がちの父が流れ者のように母の前に現れたとのことだった。警察官に追われている父を匿ってやったりしているうち恋仲になり、父を哀れんだ母が親の反対を押し切るかたちで一緒になり、勘当されたという。その後の事は聞きそびれたままで、私は母を亡くしていた。

それからというもの、林見福は遠いN部落から一人でも頻繁に遊びに来るようになった。やはり近所の子どもたちは彼を見ると、台湾ナー、と馬鹿にしたが、私にはそういう感情がまるでなかった。今にして思えばある意味では私も余所者扱いされていたからだろうか。とにかく彼と出会ってから私はこれまでとは違った日々を送る。何もかもが充実し輝いていた。床に横たわる痩せ細った父も喜んでくれた。

しかし、そのころからこれまでの台湾人のやり方に対して不満を持つ者が村長の家で集まり、話し合っているのを聞いた。

「台湾ナーはわしらの見たこともないクルバシャーという農具や水牛を台湾から入れて荒れ地や深い田んぼをどんどん開墾している。それもわしらの仕事の倍の速さだぞ」

「そうだよ。この前もわしらが手を付けない山の斜面の木を伐採している。何をするのかと訊くと、それに火を付けたあと、野菜の苗を植えるという。わしはもったいないことをするなといって、切り倒した木を薪にするため持ち帰ろうとすると、台湾ナーが変な言葉で文句を言うもんだから、ぶん殴ると、おおぜいの台湾ナーが仕返しに来るので薪を捨てて逃げて来たさァ。思い出しても腹立たしい。あのとき台湾ナーが一人だったら半殺しにしてやるところだったのに……」

「あいつらは人間ではないぞ。わしら地元の者さえ寄りつかないマラリアの土地で生活しているからな」

「とにかくこのままだと島の土地は全部台湾ナーのものになる。何とか手を打たんと！」「村長！　何かいい考えはありませんか！　ただ手をこまねいているだけでは後で取返しのつかんことになりますよ！」

「うん。わしも町長にときおりそのことを話してはいるんだが……」

私が村長の家へときどき伺ったのは其処の姉さんが、裁縫が得意でとても優しかったからだった。村一番の美人でもあった。それが村長の自慢でもあった。色白で歳は十七、八であった。村の若者たちは石垣をよじ登って、家のなかで縫物をしている姉さんを見て、まるでイジュの花のようだと褒め立てた。

ある日のこと、その姉さんが私の家へ立ち寄り、ちょっとした用事を済ませての帰り、物置小屋の前で飯事遊びをしている子どもたちを屈みながら楽しそうに見ていた。

私たちは久し振りに数人の友だちとそれに林見福を仲間に入れ、物置小屋の中で遊んでいた。彼はみんなからからかわれながらも顔に表さず、重ねた古畳の上から幅跳びを競い合っていた。四年生が三人いたが誰も彼には敵わない。五年生の兄さんとのときも僅かな差で彼が勝ったので最後に六年生の兄さんとの勝負になった。三回勝負だった。

戸口の前で飯事遊びを眺めていた姉さんは、女の子たちの爪が伸びているのを見ると、ちょっと躊躇う様子を見せたが、裁縫箱から鋏を取り出し、女の子たちの爪を切りはじめる。

私は外の姉さんに目をやりながらも、勝負の成り行きに夢中になる。初めは六年生の兄さんが彼を大きく引き離して勝った。二回目は林見福が僅かな差で勝ち、これから三回目でちょうど六年生の兄さんが跳び終えたところだった。距離は二回目の林見福と同じだった。

女の子たちは爪を切ってくれた姉さんの綺麗な指に代わる代わる触れながら、長めに伸ばしている爪を切らせてくれるようせがんでいる。姉さんは考え込むようにしていたが決心したらしく、鋏を女の子に手渡す。女の子たちは代り番こに姉さんの爪を切るのだとはしゃぐ。初めの子が緊張しながら姉さんの人指し指に鋏をかける。ところが鋏は女の子に大き過ぎるせいか、手つきがぎこちない。

跳びおえた六年生の兄さんは腕を組み、彼を見ている。着地付近に陣取った五年生の兄さんは彼の一挙一動から目を離さない。二十枚ほど重ねられた畳に上がった彼は大きく息を吸う。彼の身体がさらに巨きなものに見える。両腕を前後に大きく振り両足を屈伸すると、ぽーんと畳を蹴り、宙に飛び跳ねた。

決まった、彼の勝ちだ、と心のなかで呟く。そのときだった。着地寸前の彼の足を五年生の兄さんが突然引っ掛けたのだ。回転した彼が激しい勢いで女の子とたちと遊んでいる姉さんへ覆い被さる。

「あんな台湾ナーに勝たせられるか！」

五年生の兄さんが声だかに叫んだので、他のものも口々に「台湾ナー」と囃し立てる。卑劣な行為に文句を言おうと立ち上がったが、はっとして駆け降りる。姉さんへ被さった彼の腹部の辺りから血が流れている。五年生の兄さんは青ざめ、他のものたちも自分のせいじゃないんだと、今にも泣きだしそうな声でつぶやきながらも恐る恐る屈み込んで彼を見つめる。

彼を抱き起こした私はさらに驚いた。姉さんの人指し指が鋏で切断されている。爪を切っていた子は顔中血だらけで気を失う。それを見た女の子たちは泣きながら家へ帰る。他の男の子たちもクモの子を散らすようにその場から逃げていった。

姉さんは手を握りその場にうずくまったままだった。林見福はどうしていいか分からず、おろおろして落ち着きのない目で姉さんや私を見つめている。駆けつけた林見福の父親はただならぬ事態に後を母へ頼むと、彼の腕を掴んだ。彼は父親に引きずられるのが不服みたいで払いのけようとしたが、強い力が有無を言わせなかった。しかし引きずられながらも彼は私から目を離さなかった。細い目が物問いたげに大きく見開いていた。

私と母は切断された指を拾い、姉さんを家まで連れていく。村長はI町へ行き留守だったが、隣の青年が姉さんを馬に乗せI町へと駆けた。

手当てをすませた姉さんたちが戻るころには、このことが町中に広がっていた。台湾ナーが村一番の娘を手込めにしようとしてしくじり腹いせに刃物で切りつけたが運良く姉さんは指だけで済んだとか、あるいは移住しては来たがN部落での生活に馴染めないノイローゼ気味の台湾ナーが包丁を振り回した、などとおよそ事実とはかけ離れ歪曲された話が村から村へと伝わり、ただですら台湾人へ反感を持っている村人たちの感情を煽り立てる。

　夕暮れどきには村人や町からの人がぞくぞく集まり、四百人ほどの数に膨れ上がった。元軍人、青年団員、教員、農民、漁師、などが六尺棒や山刀、銛などを持ち、道々にあふれる。殺気だった気配が村中にみなぎる。

　事の成り行きを心配そうにぼそぼそ話し合っている父や母に私は説明した。父と母は頷いてくれたが、今となってはどうにもならない。何しろ大変な群衆であった。母は私のことを心配して外へ出ないようきつい表情をする。私は家の中にいたがときおり起こる群衆のざわめきや、近くの公民館広場へ移動を呼びかける声がハッキリと聞こえる。また金属音や棒で地面を引っかく音が地響きのように轟いた。しばらくすると男たちの声だかな挨拶が代わる代わる耳に入ってくる。

　私はどうにかしていち早く林見福へ知らせなくてはと考えたが、良い知恵は浮かばず、膝を強く抱き、丸くなっているだけだった。私へ向けた彼の大きな瞳からの光が気になっていた。出発合図の指笛が辺りの空気を切り裂くように鳴り渡り、再び群衆のどよめきが押し寄せてくる。

そのとき、父がいつもの発作を起こす。母は身体をさすり用意してある薬を飲ませるのに懸命になる。私はこの隙に家を抜け出した。公民館の辺りが明るい。松明だった。風が吹き出し、ときおり稲妻が空をはしる。気づかれないように早く村を出なくてはならなかったが、群衆の松明を見て興奮した村中の子どもたちが夜道を走り回ったり、自分たちまでもが板切れや棒を持ち奇声を発しているので、動きがとれない。私は焦る気持ちを押さえることが出来ずにいた。三十分ほどすると子どもたちは家へ戻りはじめる。私は通りに人の気配がなくなるまでじっと待った。そのときほど時間が長く感じられたことはないほどだった。

私は走った。闇を走り抜ける。チガヤが風で嵐の海のように波打っている。近道を選んで走った。息切れが激しくなるころ、遠くに山道を進む群衆の松明が大蛇のようにくねって見える。

私は林見福のことで頭がいっぱいだった。強い風が吹き、辺りの木々がざわつく。

ふたたび稲妻がはしり、蒼白い光が遠くの山を照らしだした。遠くで雷（かみなり）の音がする。群衆はもう山の中腹であった。先頭は山頂に差し掛かっている。そこを下りればN部落のはずだ。私は走りなら、もっと近道はないものかと考える。このままでは間に合わない。林見福が殺されてしまう。私は突然込み上げてくるものを感じた。しかし泣いている場合ではない。一刻も速く走らなければと思っても、どうにもならない。涙が堰（せき）を切ったように溢れ出る。私は手の甲で涙を拭き、走った。林見福のN部落が焼かれる。そのとき、大蛇の頭のような松明の先頭が右へ折れず、そのまま闇へ消えはじめた。私は群衆の行動が読み取れた。風だ。この西風だ。二つの山の中央に挟まれるようにしているN部落へ右側からすぐに下りなかった理由（わけ）が分かった。N部落の西側から焼き討ちをかける気だ。私は群衆の周到なやり方に激しい憤（いきどお）りを感じたが、微かな希望が胸の中に灯るのを覚えた。いつか一度だけ林見福の部落へ行ったことがあった。やはり林見福とおなじ中国服（チャイナ）を着た人たちがいた。痩せてはいたが背が高かい。巨（おお）きなガジュマル樹の近くに五十戸ほどの粗末な茅葺（かやぶ）きの家が身を寄せ合うようにして在（あ）った。家の傍（そば）には鶏、アヒル、豚、山羊などの家畜がたくさんいて騒々しかった。部落の裏を川が流れていた。近くまで行って眺めはしたが入らなかった。林見福に気づかれないように後を追って来たということもあったが、中国服（チャイナ）や声だかに飛び交う違った言葉、家畜のざわめきなどに私は特別の感じを持ち、何やら恐ろしい気持ちにさえなったのだった。

　私は横腹に激しい痛みを感じながら走った。稲妻が空を明るくする。目の前に山が大きく映る。どんなことがあっても、あの群衆より遅れてはならない。這うように上がっていく最後の灯が山頂に辿りついていた。ギンネムの葉の匂いが鼻孔を刺激する。私は荒々しい息づかいと足音で獣（けもの）のように原野を突っ切っていった。頬の涙が風で乾いている。喉（のど）が痛い。水が欲しかった。もう、何処（どこ）にも松明の灯はない。脚が重たい。身体が燃えるようだ。速度が落ちていく。枯れ木の梢（こずえ）で風が泣いている。群衆が進んでいった裾野（すその）の道をいくつか曲がればN部落だ。群衆は山道を歩いているのだ。何とか間に合うかもしれない。しかし見えなくなった灯に目標が失われ気が緩（ゆる）んだような感じだ。道が細くなっている。カエルの鳴きごえが聴こえる。そのとき、足もとがすくわれのめった。木の枝だと思ったが振り返るとロープだった。ロープの先をたどる。黒いものがある。大きな目が私を見ると、間の抜けた声でないた。思わず情けなくなり笑った。私は水牛の体臭に包まれながら唾（つば）を吐（は）いた。唾液（だえき）が唇から糸を引き、口もとでゆれるのを手の甲でふき、走ろうとしたとき、ちらつく灯を目にした気がしたが気のせいだった。もう灯など何処(どこ)にも見当たらなかった。

　水牛が動くと水の音がする。私は水牛に目をやった。水を飲んでいる。川が流れている。川はゆるやかなカーブを描きN部落へと伸びている。私は躍(おど)るように川へ下りた。これなら間に合う。私は川の中へ頭から突っ込み水を飲むと、草や蘆(よし)を掴みながら歩いた。たいへんな近道だった。風が弱くなったみたいに感じられたが川べりのせいだった。両側の草木が音を立てている。水面の石の上を跳んだり水中の脚を引きずる。水をかき立てる音にびっくりしたカエルが水中へ跳び込む。冷たい風が吹く。脚が思うように動かず、何度か転んでずぶ濡れになる。ゴムゾウリの緒(お)が抜けたので両方とも捨てる。ゴムゾウリが流れていく。胸まで浸(つ)かった私は両手を櫂(かい)にして水を掻(か)き分け進んだ。近くなるにつれ得体のしれない音の塊(かたまり)と化した鳥の群れがN部落のほうから飛んでいくのが見える。私は身体が凍りつくのを覚えた。蒼白い閃光が巨きなガジュマルの樹の梢(こずえ)を映し出す。N部落は近くにあるはずだ。私は水をかきわけ急いだ。間に合う。もうすぐだ。早く林見福を助けなくては、と何度も同じ言葉を呟き、水を掻き分ける。そのとき、耳をつんざくような雷(かみなり)の音がした。私は咄嗟(とっさ)に身を竦(すく)

めうずくまった。川面が口もとまでくる。再び雷が空を駆けめぐる。強烈な炸裂（さくれつ）音だ。私は目を瞑（つむ）ったままじっとしていた。しばらく耳が聞こえなかった。荒い雨粒が瞼（まぶた）にかかる。私は立ち上がり水を掻き分けさらに歩き進んだ。川面が赤く染まっている。思わず頭上を見上げた。空が焼けている。私は気が狂ったように傾斜になった川岸の草木を掴むとよじ登る。

　私は茫然として立ち尽くした。

　N部落が燃えていた。

西風にあおられ炎が大蛇の舌先のようにゆれる。頬（ほお）が熱い。炎を見ながら川沿いを脚を引きずるように歩く。火は燃え盛るばかりだった。濡れたランニングシャツがたちまち乾く。私は再び川へ下りると身体を濡らす。川岸に横たわる流木のかたわらに水鳥の親子が怯えるように私を見ている。赤く染まった川が流れている。チガヤの葉先から血の色をした雨粒が微かな音を立ててこぼれ落ちる。

　林見福は無事だろうか。仰向けになりながら私はひたすら林見福のことを思った。間に合ってきっと林見福を助けることが出来ると信じていたのに……山を下りた群衆はN部落の人たちに悟（さと）られまいと松明の灯を消したのだった。もう少し早く村を出れば良かったのだ。そうすれば何とかなったのかも知れなかったのに……あれこれ自分を責め立てた。身体が疲労しきっていた。

　そのとき、川面を弾くちいさな音がしたかと思うと、突然大きな岩が転がり落ちた。辺りの静けさを破る音に水鳥が悲鳴に似た鳴きごえを発して飛び立つ。身体を動かすことが出来なかった。私は岩に視線を向ける。川面に突き出た岩が微かに動いたように見えた。再びその岩に目をやる。岩がゆっくり動き始める。私は驚きのあまり身体を起こすと、大声で叫び駆け寄った。林見福だった。彼は意識を失っていた。手首はそれほどではなかったが、右の眉から頭部にかけて酷い火傷を負っている。彼を引きずり川岸まで運んだとき、激しく雨が降りだした。

　私は土砂降りの雨に打たれながら、どうしてもう少し早く降ってくれなかったのか、と怒りを込めて天を仰いだ。川の水嵩が増して足元の流木が微かに動きだすのをおぼろげな意識の中で感じていた……。

　私が目を覚ましたのは、それから三日後の朝であった。私は父の傍にいた。母のやつれた顔が目に映った。父は横たわった身体のまま私を見ていた。優しい目だった。母は零れる涙を拭くと、林見福の話をした。

昨日の夜中に狂ったような林見福の父親が訪ねてきた、とのことだった。彼の父親は彼が助けられているのを知らないでいたという。彼の父親が帰って、村での一部始終を部落長に話すと、これまでの地元民との諍いからするとただでは済まないだろう、ということになり部落の人たちを裏山へ避難させたらしかった。部落の人たちは子どもの起こした些細なことで村中が大騒ぎになるのを不愉快な感情を抱いた。そのことは子どもから子どもへとたちまち広がる。山へ避難してるはずの林見福がいないと気づいたときにはN部落が燃えていて、助けに行くのを止められたとのことだった。夜が明け、焼け跡にいる子どもたちの一人が泣きながら詫びたので、林見福がどのような仕打ちに合ったのか知った。それは、手足を縛り家畜小屋で吊るして林見福を代わる代わる痛めつけているとき、たくさんの赤い玉が山から流れてくるのを目撃した子どもが驚いて逃げ出したので、他の七、八人も一目散に駆けだしたとのことだった。林見福は吊るされたままだった。それから遅い時間になっても帰って来ない私のことを父が、N部落へ行ったに違いない、と言うので驚いた母が、一人で灯を頼りに山道を歩いていると、運良く水嵩の増している川べりに浮かんでいるゴムゾウリを見つける。急ぎ川上へと走ると、流木に寄り掛かって流れてくる私と林見福がいる。それからは村人に気づかれないよう夜の明けきらないうちに担ぎ込んだ、とのことだった。

林見福は火傷の手当てをしたので命に別状はなく、明け方父親と帰ったので今ごろはN部落へ着いているはずだと、母が話してくれた。

そんなことがあって、私たち親子はM村に住めなくなり、I町へ移り住むことになる。村長から家を明け渡すように言われたらしい。父や母はその事については多くを語らなかったが、私は友だちや村人たちの視線からそのことを感じとっていた。

I町へ移り住むと一年足らずで父が他界してしまい、私たちは再び九州へ舞い戻る。林見福ともその事件の後、まったく会ってない。噂（うわさ）によると林親子も私たちと同じようにN部落におれず台湾へ帰ったとのことだった。

私たちは母の実家へ転がり込むまで、住まいをさらに転々と変えていた。母は苦労知らずの商家の娘であった。それでも母は母なりに懸命であった。その、人一倍気位（きぐらい）の高い母に惨めな決心をさせたのは、他でもない。私の成績が中学二年生ごろから良くなり始めたからだった。私たちは母の実家の世話になった。母は私に一縷（いちる）の望みを託す。結果的にはY大学に入学し、一流企業であるS商事に入社した私はある程度それに応えることが出来た。

その後の私は出世コースを確実に歩んだ。今回のK村のリゾートホテルの件で私はきっと部長に抜擢（ばってき）されるだろう。ところがこれで終わるわけではない。私にはこれまで胸に温めているさらに大きな望みがある。それは原始的で野性の地理的条件を兼ね備えたE島と星のように点在する離島の島々を結んでのアドベンチャー・レジャーランドの構想を実現することである。夢のような計画ではあるに違いないが不可能ではない。私なら出来ると確信している。このI島のためにもやらねばならない事だと考えている。


隣の部屋で席を立つ音がする。

時計が十二時を回っている。

隣の客の話しから林見福とのことを回想していた。

あれもこれも三十五年も遠い昔のことだ。懐かしい言葉に多少感傷的になっていた自分を笑った。どうということではない。たまたま林という姓が同じであっただけのことだ。慌ただしい靴音がして団体客が入って来る。私は食べ残しのまま席を立った。

支払いを済ませて入口へ向かおうとしたとき、先ほどのウエートレスが敬（うやま）う眼差しと会釈を送るのに気づいた私は、エレベーターの入口を振り向いた。

付添いの男と物腰やわらかな態度で言葉を交わしながら、長身の男が歩いてくる。男は笑みを浮かべ店内を見回すと私のところに向かってくる。がっちりとした体格、細い目、少しばかり肩をゆする特徴の歩き方。すれ違うとき、男を凝視した。右の眉のあたりに火傷（やけど）の痕（あと）がある。私はそのとき、林見福！　と喉（のど）まで出かかった言葉を呑（の）み込んだ。男はちらっと私を見たがそのまま通り過ぎて待たせてある車へ乗った。付添いがドアの補助グリップを引くと、車は大きくカーブを切り、車道へとでた。私は急ぎ足で外へ出ると、男の乗った車へ視線を送った。車は他の車の列にくわわりやがて小さくなっていった。


間違いなく中国服（チャイナ）の少年、林見福だった。

私は何故（なぜ）、林見福を呼び止めることが出来なかったのか……ただ三十五年振りの再会にうろたえたというだけなのか……。

私は今度の仕事で一度も現地へ足を運んだことはない。難航した土地の買収についても、部下の話に耳を傾けたことなどなかった。期限より早く取り決めることで徹底して部下を動かした。社の方針でもあったが私は今回の仕事に賭(か)けていた。いつものやり口からすれば強引ともいえる。思いやりに欠けてもいた。結果的に計画は予定通りいって私の望みを叶(かな)えることとなるだろう。しかし私は長年関わってきた片腕ともいえる部下を失っていた。もしかしたら私の喜びは、やがては溶けていく氷細工の尖塔(せんとう)のようなものではないか。

そんなことよりも林見福(リンケンプク)、いや林龍男(はやしたつお)は三十五年という歳月、どんな道のりを歩んで来たのだろう。私の想像では及びのつかないものだ。帰化(きか)して大地にしっかりと根を下ろしている。

それに比べ、私の今やっていることはこれまで出世した沖縄出身者が郷土のために何かをしたい、という短絡(たんらく)な発想に余りにも似てはいないか。これでいいのか……これでほんとにI島は良くなるというのか……自問自答を繰り返しながら人込みの中を歩いた。と、店先の庇(ひさし)にぱらぱらと雨粒が音を立てたかとおもうと、突然、本降りになったので、しばらく雨宿りをした。

ふとショーウインドに映る姿に気づく。

私は自分の顔をじっと見たあと、ネクタイを締めなおし、息を整えるとタクシーを止め、流れる風景に目を向けながら空港へと向かった。

沖縄、ホウセンカ

西陽が部屋の奥まで弱々しくのびている。

九月も終わりに近い日曜日だった。

縁側に座ったまま、ハイビスカスの花弁にへばりつき傷んだ翅をときおり開閉させている黒い蝶を眺めていると、わたしの前へぬっと男が現れた。

不意の客にまごつきながらも腰を引き、距離を保つと、男を凝視する。

白い半袖シャツにネクタイをした小柄で痩せぎみの身体つきだった。

手に大理石の薄板をいくつか持っている。

「表札を取り付けんかなあ？　安くするよぉ」

見本を並べながら説明しかける宮古島訛りのある男にわたしは戸惑いを感じた。

「あの……付けてあるのですが……」

「えっ！」

男は苦笑いをしながら髪に手を触れる。白いものが目立ちはじめている。

買ってやりたい衝動にかられたが、断るしかなかった。

男が帰った後、しばらくわだかまりに似た妙な感情がわたしをつつんでいるのを覚えながら通りにでると門を眺める。とても門と呼べるものでなく、箱型の建物の周りをブロック塀で囲うようにのばしただけのものであった。

その二十センチ幅の切り口に表札は控えめに嵌め込まれている。道路沿いの表に堂々と取り付けるのをわたしは躊躇った。妻は、家族にしか分からないとぼやいた。事実、玄関に回るときにしか目につかない。縦長でつやのある黒の大理石の表札に映っている自分の顔が、なにやら老けてみえる。

結婚して十五年目を迎えていた。

家を建ててから一年半がたっている。宮古部落の登野城七町内から路二つ隔てて真栄里村にあたるこの地区は新興住宅地で、ここ数年家が建ち並んではきているがまだまだ空き地が目立つ。わたしの家の南と西側も雑草がのびほうだいで向かいには廃業したパイナップル工場がうらぶれた姿を晒らしている。

黄昏どきになると、数匹の猫が工場跡で赤ん坊のようにないたり、めくれたトタン屋根の傍で蹲り、光る目でわたしの家を見ているので薄気味悪く感じることもあったが、市街地にくらべ静かで虫の鳴きごえさえ聴こえる環境には妻も満足している。わたしはやがて迎えなければならない母のことで思い煩っていた。ソファーに掛けていると二階から娘たちが何やら大声で呼んでいるので、おっくうに感じながら階段を踏みベランダへと向かう。娘たちの指さす西空に、まだ水っぽい夕焼けがひろがっている。これまで夕焼けに出くわすと魂を抜かれたみたいに見入っていたのが子どもたちに影響を与えているのかもしれなかった。夕焼けを眺めていると、このところ頻繁に見る夢が炙りだされいいようのない感情に襲われるのを覚えた。

くすんだ木々のむこうに水平線が見える。母を引き取らなければならないことを遠回しに話してはいたが、妻に打ち明けてないことがある。何時か話そうと思いつつ言いそびれていた。ポニーテールをした妻はロッキング・チェアに掛け、スクリーンミュージックを聴いている。

凋んだハイビスカスの花が葉をつたわりぽとっと落ちた。

夕食のあと、早めに床に入ったが寝つけなくて窓を開ける。横殴りの雨が降っている。ハイビスカスが波打つように揺れている。わたしは縁側に腰を下ろすと斜めの雨脚を見つめていた。

気晴らしにドライブにでもと母のいる団地へ向かっていた。曇り空で風はあったがさいわい雨はない。団地の入口が見えはじめたとき、いきなり娘の一人が、「婆ちゃんだ！」と後部座席から身を乗り出すようにわたしの耳もとで叫ぶ。

通り過ぎ、慌ててバックしながら道路脇に停めた車の中から、娘たちが振り向いて母へ手を振っているのに気づいてない。まるでとおい過去を語るときの目で、歩道沿いに植栽されたシャリンバイを飛んでいっては戻って戯れているスズメに釘付けなっている。娘がドアを開けようとするのを止め、クラクションをならす。

吃驚した母に合図を送りドアを開ける。ハンドバッグを抱えた母はあわてて乗り込むと、咳払いをして窓から痰を吐く。

ドアをロックすると娘たちは、

「出発！」「進行！」と、声を張り上げる。農道を走る。車の両脇にはサトウキビ畑がつづいている。ときおり吹く風に葉擦れの音が波のように押し寄せてくるのが心地いい。数年前まで茅（かや）が茂り、荒れ果てていたところが土地改良で整備され、スプリンクラーが取り付けられている様子を、母は信じられないという顔つきで眺める。

　農道を抜け、一周道路にさしかかるとハンドルをきる。家族で行楽地へ向かう車が切れ目なく走っている。後部座席へ移った妻が、指を差し、島々の名を教えている。母は頷（うなず）いていたが突然、黒島（フスマ）は何処（どこ）に在（あ）るのだと訊（き）く。今言った水平線に連なって浮かんでいるのがそれよ、と笑いながら妻は応える。母はわたしへ不可解な顔つきをする。海抜の低いところがあるので遠くからそんな感じに見えるのだ、と付け加えると不思議そうに、ため息をつく。

　母は黒島に関わりがあった。廃藩置県（はいはんちけん）のあと祖父が葉タバコ栽培のため黒島へ渡ったりしていて、住みつくことになったものの、黒島の人ではない、もともと四箇（しか）村の士族なのだ、と語気を強めて話すのをいつも聞かされていた。その度にわたしは妙な心持ちがした。島々の間を白い波を引きながら進んでいく船を母はじっと見つめている。

　やがて野呂水（ヌルミジィ）の坂にさしかかると樹々に覆われたひんやりした道を車は滑るように走っていく。ボンネットからフロントガラスへ木漏れ日がつぎつぎながれていく。

坂を右に曲がると農園が見えてくる。Ｍさんの農園だ。Ｍさんとは天文同好会の仲間である。奥さんが熱帯果樹の飲物や軽食を出すちいさな店を営んでいる。

車から降りると、娘たちはクバディサーとモクマオウの樹に吊るされたハンモックへと駆けて行く。わたしたちはパラソルの下の円形テーブルを囲んだ。名蔵湾のカーブ先にこれから行く屋良部（やらぶ）半島の御神崎（ウガンザキ）や嘉弥真島、小浜島、西表島が目に映る。段差のある農園の下方に幾つか列になったビニールハウスの屋根がのびている。その巨大なカイコの体内に似たハウスの中で、Ｍさんが働いている。

わたしは妻や子どもたちを残して母と石段を踏み、ハウスへと下りた。入口のビニールをまくりあげると、摘果（てきか）をしているＭさんがわたしたちを笑顔で迎える。わたしはメロンの時期になると訪ねたりしていた。Ｍさんが母の顔をじっと見ている。母とおとずれるのは初めてのことだった。Ｍさんは戦争で両親を亡くしている。わたしより七歳ほど年上だが五十過ぎに見える。ハウスの中は生ぬるい空気や葉いきれが淀（よど）んでいて息苦しい。しばらく雑談を交わしたあと、帰ることを告げるとハウスの細い通路を屈みながら歩く。

Ｍさんの農園を後にすると、一直線にのびたモクマオウ並木の道を強くアクセルを踏む。車体が路面に張り付くみたいに滑り、スピードを増す。対向車とすれ違うときに起きる圧縮された空気の切れる音が心地よい。前方をクイナが滑稽なかっこうであわてふためき横切っていく。道路脇のギンネムの葉は車が通り過ぎるたびにさわぎたてるように揺れる。

かなりまえの盂蘭盆（ソーロン）のときだった。

仏壇の前で二人きりになったとき、母がサイパンでおおぜいの人夫と日の暮れるまで働いたことを懐かしそうに話したことがあった。わたしは高校を卒業すると家にいることがなくて、母と言葉を交わすことが少なかったせいかときたま話し合ったことなどははっきり記憶にとどめていた。サイパンでの捕虜収容所のことや、引き揚げたあと、しばらく生活苦のため母の育った島へ渡り、原野を開墾していたということなどが甦（よみがえ）ってきた。

ラジオからながれるリズミカルな歌に合わせて子どもたちが口ずさんでいる。

小さな橋を通り越し、しばらくすると名蔵（なぐら）大橋に差しかかる。此処（ここ）に来ると河口に群生するヒルギが、いつも懐かしいものに会った気分にさせてくれる。

兄の事業がうまくいっていたころ、バスを借り切って浜下り（ハマウリ）の日に職人たち数名と家族で貝を採(と)りに来たことがあった。袋に入りきれないほどになるとヒルギ林へ向かう。海水と真水が交わる地点の泥土に自生するヒルギは不思議な植物だ。タコの脚に似たその根元に大人の手のひらほどの貝が棲息しているのだから驚きだった。素足の感触を頼りに泥濘(ぬかるみ)をほじくって採るのだ。踝(くるぶし)まではまり足を取られたり、おまけにヒルギの根もとだけを見ながら採っていくので、方角が分からなくなってしまいヒルギ林を彷徨(さまよ)うことになる。

　浜辺ではポータブル電蓄からロカビリーのメロディーがながれ、リズムに合わせて職人たちが踊ったり、はしゃいだりしていた。それは束の間の幸せなひとときであった。

　入り江のゆるやかなカーブを描く海岸線を加速をつけ走らせていくと、やがて手招きするような枝振りのいい松が道の脇に見える崎枝部落に差しかかり、左へハンドルをきると岬へと向かう。道々、群れをなしたヒヨドリが喧(やかま)しいくらいになく。舗装の切れたでこぼこ道をゆっくり走らせる。右寄りの前方に何やら塊(かたまり)がある。樹の皮にも思えたが、近づいて見ると亀の死骸だった。思わず吐き気を覚えた。昨夜の雨で道路に這い出てきたところをダンプに轢(ひ)かれたに違いなかった。甲羅は割れ、ながくのびた首が平べったくなり、路面に赤黒い血が滲んでいる。母も見たのだろうか、口にハンカチを当てている。

　岬の入口の狭い道に車が数珠つなぎに駐まっている。此処から先は歩かなければならない。車の多いのに妻はため息をつく。車を停めると子どもたちは急いで降りる。娘が助手席のドアを開けようとすると、母は取っ手を強く握りしめたまま、行かない、と言いだす。妻と顔を見合わせたがお互い何も口にしなかった。トラブルを避けたい気持ちだった。わたしは妻と子どもたちを見送ったあと、倒れた大木に腰を下ろす。

　木漏れ日のなかでクワズイモの広い葉が微風をうけ首を振っている。物音ひとつしないひんやりとした木陰で座っていると時間が止まったり、逆戻りしていくようにも思われる。母はどうしたというのか。もしかして……あのことを思い出したのだろうか。

　子どものころ、亀を飼っていた。紐で結ばれた亀は逃げようとして懸命に爪先で地面を引っ掻く。日がたつと紐の長さの先が窪みになる。わたしが関心を示さなくなるころ亀はいなくなったが、ある日、井戸近くのぬかるみで見かけた。甲羅の縁にたくさんの穴の跡があったり欠けたりしている。

そんな亀を、母が蹲ったままじっと見ているのを目撃したことがあった。

次男を遠縁に当たる家へ遣ったけれど何度も戻って来ては家の辺りをうろついた、とのことだった。そのとき門から首をのばしては引っ込めたりしていて、追い返される。追いかけるのを止めると、振り返り、目に涙をためながら見つめたりするので、母が訪ねるとまるで他人をみる目で見据え、言葉さえ交わさなかった、とつぶやいていた。

しばらくすると子どもたちが戻って来た。岬の先端にある切り立った崖の上に大きな岩が乗っかかっていて、強風で今にも落ちそうなことを我先にと話したあと、なぜ婆ちゃんも行かなかったのだと訊く。

そんな子どもたちに母は精一杯の愛想笑いをする。妻の顔にはせっかくの楽しみが半減したことに不満の色があらわれていた。帰りは浮き浮きしたものが失せ、子どもたちは居眠りをしだす。妻は窓からの風景に目を向けたまま黙りこくっている。浅瀬になった海でたくさんの親子連れが潮干狩りをしている。つい先まで、雲の裂け目から陽光が射したりしていたが、急に雨粒が落ちはじめた。

母のところへは必ずといっていいほど家族そろって行った。他人から見ると親孝行な息子だと母は羨ましがられていたが、そうではなかった。一人ではとても間が持てないからであった。

子どもを母と遊ばせ、寝ころんでただテレビを見ていた。話すことはたくさんあるはずなのに、面と向かうと何から話していいのか分からない。また、母のところへ来ると決まってみんなで位牌（いはい）に手を合わせた。

仏壇の前に座っていると自分が河のなかの岩のように感じられたり、鼓動とともに位牌の中で薄い板になって収まっている人たちと、自分とのはかない繋がりを意識したりするのだった。暗がりのなかで控えめに置かれた義父の遺影はシャツ姿で庭にいたのをいつかわたしが残りのフイルムで撮（と）ったものを合成させた。立派になった紋付きの写真を見て母は手放しの喜びようだったが、何となく不自然に見えた。あの世でも借物を着ているようにさえ思えたからだ。

いつもそんなことが胸の内にあったからだろうか、彼岸（ピンガン）や盂蘭盆（ソーロン）のときになると分厚い束の紙銭（ウチンガビィ）を焼いた。

あれは新築してちょうど一年目のときだった。気持ちだけの祝いをと母を招いた。

娘たちからすればいつも自分たちが母の家へ行くのに、今日は母が我が家へ来ているということではしゃぐ。

テーブルに盛られたご馳走を見て、紅(あか)いカマボコは誰も食べるな、初めに婆ちゃんに食べさせるのだと言っている。

娘たちの記憶力のよいのに感心する。いつだったか祝いの折り詰めに残っていたので、「こんな旨(うま)いもの、誰が食べないのか」と言いながら、普通のカマボコとの味の違いは塗られた紅(べに)にあるのだ、と箸(はし)の先に挟んだまま説明する。そして母のサイパンでのことや、紅カマボコが好物なのを話したのだった。母は照れながらも、悪い気ではない様子だった。新築祝いのときとは違って、心のなかでわたしはお母さんの住む家(うち)になるんだよ、と語りかけていた。テーブルの中央には新築一周年祝い、お父さんお婆ちゃんおめでとう、とチョコレート色の文字が純白のクリームのうえにある。妻の気遣(きづか)いが嬉しかった。子どもたちも、今日ばかりは普段と違いおとなしく、テレビを消してそわそわしている。これまで子どもたちに何かよいことがあったり、折り目節目のときには紅飯を炊き、ささやかな祝いをしていた。学校での成績は三人とも褒(ほ)められたものではなかったが、とやかく言わなかった。妻の血を多く継いでいるのだろうか、元気で丈夫な子たちだ。怒鳴っても気にしない性格にわたしは心のどこかで満足していた。

　今日のわたしも子どもたちと同じ気分で、妻と視線を合わすのが気恥ずかしいくらいだった。母とこのように自分の家で祝いをするのが嬉しくて、やっとわたしも一人前になりましたよ、と母の耳もとで囁(ささや)きたい気持ちであった。上体を伸ばし右手を上げ、指をパチンパチンと鳴らし、揚(あ)げ物をしている妻に合図を送る。運ばれてきたコップに子どもたちは急いでジュースを注ぐと目を近づけ量(はか)り比べている。母の周りをわたしと子どもたちが囲んで座る。妻は忙しそうに次々と料理を運んでいる。わたしは乾杯の挨拶をどのように巧(うま)く喋ろうかと、まるでセールスのときのように、頭の中でいろいろ組み立てていた。

　母はお茶を啜りながら庭に目を向けている。夏の六時過ぎはまだ明るい。ハイビスカスが花をたくさんつけ、眩(まぶ)しかった。そのとき、母が茶碗を手のひらから落とす。赤ちゃんみたい、娘たちが冷やかしながらテーブルを拭(ふ)いていると、母が顔を歪(ゆが)め、指先をハイビスカスに向け、いきなり喚(わめ)いた。

　一瞬、不安がよぎった。時と場所など考えず、自分の感情を抑(おさ)えることの出来ない人なのだ。わたしの中で風が吹き、樹々がざわめく。何とかしなければ、と宥め賺すような口調だが早口になっていた。

「ハイビスカスのこと？　ハイビスカスは根付きがよくて、いつも葉を茂けるので生垣としてとてもいいんだよ」

「何がハイビスカスか……仏桑華は後生花でないか。昔は人が死んだときに墓によく活けたさぁ」

しだいに声だかになり、おまけに自分は墓の穴から外を見ているようだと言う。妻は眉をひそめる。

「縁起でもない、何のためにみんなでこうしてテーブルを囲んでるんだ」

しかしわたしの言葉に耳も貸さず、いつものぶつぶつは止まらない。

「いい加減にしろ！」

「親に向かって何を言う」

「親？　偉そうに……」

「な、何に言う、おまえは誰の股から産まれたか！　おまえなんて大病したあのとき、死んでおれば良かったよ！　何人産んでも役に立たん！　おまえなんかの世話にならん!!　養老院に入る!!　おまえもそうなればいいと思っているんだろう！」

思いも寄らぬ母の言葉に、自分でも驚くほど激昂した。妻が小突いたが黙っておれず、罵る口調で叩きつけた。

「人の気も知らんで！　何処へでも行ってクタバッテしまえ！」

子どもの前で口にしてはならないことを口走ってしまった、と思ったときだった。立ち上がった長女が母のところへ近寄り、冗談とも本気ともつかない態度で、

「くそばばあ！　死んじゃえ！」と叫ぶ。

わたしは長女の襟首を鷲掴みにすると引き寄せ、横っ面を思い切り張り飛ばす。小柄な娘は宙にとび、ピアノの脚で頭を打ち、大声を張り上げ泣く。妻は抱き寄せると、頭を揉み、青ざめた顔でわたしを睨む。母は、親が親なら子も子だ、と吐き捨てる口調で言い、再び老人ホームのことを口にする。外からの明かりで、スイッチの切られたテレビ画面に母とわたしたち家族が黒い像になり映っているのを見ていると、惨めな気分になっていった。子どもたちは箸を握ったまま、皿に盛られた料理に目を落としている。

テーブル中央にあるケーキのローソクが燃え尽き、じりじり音を立て、チョコレー

トの文字が溶け、汚染（しみ）のようにひろがっていった。

もしかしたら、母のことでこれまで築いてきたささやかな家庭は壊れることになるかもしれない。だからといって……。ため息をつくとソファーを離れ縁側に立つ。遠くに幹の太い樹が見える。台風で痛めつけられたのか、折れた枝が枯れたまま垂れ下がっている。部屋に閉じ籠もり、プラモデルを組み立てている息子を残し二人の娘と出掛ける。

一緒に散歩をするのが嬉しいのか、娘たちは代わる代わるわたしの腕にすがりついたりする。言葉を交わしながら、子どものころが幸せなのかもしれないと思った。公務員宿舎の窓に四角いたくさんの明かりが灯っている。食卓を囲んで夕食しているのが見える。テレビ画面の色がまるでテレビゲームのようにつぎつぎ変化して窓に映り、笑い声が聞こえる。

ごくありふれた団欒（だんらん）の光景であったが、とても幸福そうに見える。また、それは一度失うと容易に取り戻せないものにさえ思えた。

暗くなった路上で、ラジコンを器用に操作している少年を見ながら歩いていると、トタン屋根の軒下に空っぽの小鳥籠が吊るされているので立ち止まる。逃げたのだろうか、それとも……。

わたしは反射的に口をすぼめ、擬声を発していた。メジロを捕りに行ったときのことだった。枝から枝へ飛び移るメジロを追っているうち仲間からはぐれ途方に暮れた。それでも何とか小道にたどり着き、安堵(あんど)したが、しばらく歩くと立ち尽くす。分かれ道だった。迷い考えあぐねて決断すると駆けた。違っていればまったくの徒労に終わる。いろんな思いが交錯したが、ひたすら走った。ときおり、足もとを大トカゲが音を立て走り抜けると、鳥の悲鳴で跳びはねては、突っ走る。小枝に顔を引っ掻(か)きながら坂を登り切ると、山裾野(やますその)の松の樹の下で落ち着きのない仕種をしている仲間たちが目に入る。わたしを見つけると両手を上げ、声を発し、駆け寄り、抱きつく。分かれ道に差しかかったときの心のゆれを、はちきれんばかりの胸のふくらみがしぼむまで話すと、夕陽に染まりながら歩いた。

そんなたわいもないことなどを思い出し、わずかな自信を取り戻したりもした。

後味の悪い喧嘩のこともあり、母のところへ行っていた。

独りだった。本神(フンジィン)のある部屋で母と向かい合い、お茶を飲んだ。歳の数だけ皺(しわ)が刻(きざ)

まれているかに見える。髪はほとんど白くなっている。子どものころいつも白髪を抜かされていた。わたしは抜くのが上手かった。母はいらいらするとマッチ棒の軸を折りつづけ、たちまち徳用マッチを空にした。その後、決まって大声でわたしを呼んだ。時計の振り子のように規則正しく抜かれはじめると、安らかな顔になり眠っていった。

お互い言葉が喉まできては落ちていくのを繰り返しているようで、その度に咳払いをしてはお茶を手にする。ベランダのアルミ柵の間から、三輪車の奪い合いをしていた子どもたちがケンカをしているのが見える。

わたしは固唾を呑むと、静かに切りだした。

「お母さんといっしょの和夫や美樹ちゃんもあとわずかで、家を出て那覇へいくことになっているんだ。お母さんもこの歳で本土の何処かにいるという正一兄さんや大阪の定男兄さんのところへ行くわけにもいかないだろう……けっきょく、わたしのところしかないいんだよ。だから……我慢してでも綾子や子どもたちと仲良くやってくれないか、頼むよ……」

母は身体を固くし、落ちくぼんだ目でじっとわたしの顔を見つめていたが急に立ち上がり、荒々しい足どりでわたしの前を横切り仏壇の前に座ると黙り込んだ。ほそい身体だが、想像以上に気力が宿っているように思えた。

長女が学校で習っているというゆったりした「てぃんさぐぬ花」の歌に合わせて歩いていると、スーパーの辺りまで来ていた。

冷たい物を欲しがる娘たちに立ち止まり、自動販売機に硬貨を入れるとどれにするか訊(き)いたが、決めかねている。わたしはしびれを切らして自分ののスイッチを押した。鈍い音で落ちた缶コーラのプルタブを爪で引っ掛けて開け、一気に喉(のど)に流し込もうと口もとへ寄せたとき、建物の角から出てくる人影に目を奪われた。南へ向かっている。距離があった。まだ迷っている娘たちへコーラと硬貨を渡すと、後を追った。暗がりではっきりしなかったが、いつかの男のような気がした。駆けなくとも追いつける。スクラップ置場を左に曲がり、外灯の近くに差しかかったとき、表札売りの男であるのを確認する。脚を引きずっている。あの日は脚のことに気づかなかった。右足を運ぶたびに左右の肩がゆれる。辺りに民家はなくギンネムが茂り、草木の放つ匂いが鼻腔(びこう)を刺激し、虫が競うように鳴きはじめている。男は前方に細長くのびている自分の影に手繰(たぐ)られるように歩いている。ペンキの禿(は)げた自動車教習所の大きな看板が目につく。どうやら、そこへ向かっているのが分かった。しばらくすると男は教習所跡の門をくぐっていった。

わたしが着いたとき、男は見あたらなかった。錆びつき、ぼろぼろになった鉄扉が路面に倒れている。額(ひたい)の汗を拭(ぬぐ)うとしばらく雑草の伸びた運転コースを眺めながら、ため息をつく。と、暗がりのなかで煙草の火が明滅する。男は構内のロータリー縁で腰掛けている。近づくとすえた汗の臭いがする。ネクタイが重たそうに下がっている。

わたしは芝生に腰を下ろすと曖昧(あいまい)な会釈をした。男は怪訝(けげん)な顔つきをしていたが煙草をくわえる。わたしを覚えてはいない。何故(なぜ)、男を追いかけて来たのか理由(わけ)などなかった。子どものころから珍しい人とか変わった人を見かけると直ぐさま仔犬のようについていくことがあった。その性癖(せいへき)は大人になってもときおり古傷のように疼(うず)いた。

波の音が聴こえ静寂があたりを支配している。きつい煙草のにおいや体臭が男からただよってくる。傍(そば)にいると義父が転がり込んできた遠い日のことが不思議と思い出されてきた。

夜明け前の蒼みがかった風景がおぼろげに甦(よみがえ)ってくる。諍(いさか)いが絶えまなく続いていた。病弱で幼かったせいもあり、わたしは義父のことを実の父のように慕った。それはわたしがもともと父を知らなかったからだった。そんなわたしを兄は物珍しげな顔で眺めていた。長男とは親子ほどの歳のひらきがあった。

あれは夏休みの終わりだった。

小学三年のわたしは雌のウサギを飼っていた。赤いラムネ玉に似た目も可愛らしかったが、何よりも白い色が気に入っていたので、庭に雪が降ったようになるまで増やすのを夢見ていた。

頭が割れるようだ、と母が寝込んだ日のことだった。屋敷の裏で何かが起きているのを予感して、部屋から抜けでた。

芭蕉の群生する薄暗い排水池のちかくで、何やらモゾモゾしている母の後ろ姿を目にした。息を殺すと、足音を忍ばせ近づいていく。綿のようなものが辺りに散らばっている。芭蕉の葉が揺らぎ、風に舞い上がった綿が腕にくっついたので払おうと目を向けたとき、皮膚がいっせいに粟立つ。何と、ウサギの毛だった。振り向いた母のくわえたピンク色の内臓からぽたぽた血がたれている。わたしは戦慄のあまり全身が引きつるように痙攣（けいれん）し気を失った。

その日から、日一日と母の身体は痩せ細り、目から妖しい光を放つ。医者も手に負えないと見放したのでユタ通いを始めたり、白装束をまとった老婆が来て願い事(ニンガイグトゥ)を唱えたりした。

わたしは独り、腐食した福木の実にたかる銀バエの翅(はね)が木漏れ日を受け不思議な色に変わるのをじっと見ていた。

そんなことがあって、一年近くも消息を断っていた義父が戻って来たのを境(さかい)に、母は元通りになっていった。義父は日がな一日柱に背を凭(もた)れキザミ煙草を吸っていて、仕事などしなかった。煙草盆の縁(へり)に煙管(きせる)をはたく音だけが響き、夜になると姿をくらませる。どうなっているのかさっぱり分からなかった。子ども心にも人間の及ぶことの叶わない、とてつもない巨(おお)きな力がありとあらゆるものを動かしているように思えてならなかった。それからは以前のように義父と接することができず、まるで石ころを眺めるようになった。

母のことを、今日まで妻に話しきれないでいる自分を恥じながらも、義父の遺影が寂しそうな顔に見えたことが気になっていた。遠くからサイレンが鳴り響いてきて数台の消防車が通り過ぎていくのを聴き、我に返った。

煙草をくわえ、ポケットにのばそうとした手が強張(こわば)っているのを、男がライターを擦(す)りちかづける。わたしはゆれる青い焔(ほのお)を手で囲い、火を移(と)りながら男を見つめたあと、空を仰いだ。無数のちいさな星々が息づくように瞬(またた)いている。

しばらく、さまざまなことに思いを馳せながら傾いた標識を眺めていると、足音がするので振り返る。娘たちだった。仏頂面(ぶっちょうづら)をしていたが男に気づくとわたしへ歩み寄り、素っ気なくコーラを手渡す。缶のまわりが水泡ですべすべする。

「気の抜けたコーラですが、よろしかったら……」

わたしの申し出を、男はためらいながら受け取ると、一気に飲み込む。喉(のど)をながれる音が、男の身体の隅々へとしみ込んでいく。

「煙草の吸い過ぎでぇ、口の中カサカサなってからにが……」

男は娘たちの頭を撫(な)でていたがとっさに思いついたのか、笑みを浮かべ、ソテツの葉を摘まみ、片方の手で葉柄を強く握ると押しやる。と、葉が芝の上へ散る。娘たちは男に近寄る。男は遠く外灯の明かりへ向かい、ほそくしなるつるぎの小葉で輪をつぎつぎ連結させ、娘二人の首に掛ける。娘たちはまるで手品師のようだと感心しながら首飾りに手を触れ、はしゃぐ。男は礼を述べるとやがて去っていった。わたしは男のゆれる後ろ姿が見えなくなるまでしばらく佇(たたず)んでいた。

教習所跡を後にすると、娘たちに歩調を合わせる。立ち止まっては辺りを眺めたりした。道端のギンネムが途切れたところに樹がある。家から眺めた樹だ。雑草を踏み分け歩み寄ると、わたしは樹肌に触れたり、見上げたりした。捩（ねじ）れ裂けた枝のつけ根から新しく芽らしきものが顔を出しはじめている。梢（こずえ）で風が音をたてるのを聴いていると、北極星（ニーヌファブシ）の下にちいさくわたしの家が在（あ）るのが見える。蛍の尾光のような淡い明かりではあったが妙な安堵感を覚えた。

家の近くまで来ると表札が門灯で浮き立っている。門の前で立ち止まると、表札を見る。表札に映る欠けた顔の輪郭をたどっていると、出生のことや義父、母、それに兄弟のことが複雑に絡み、わたしの中でいびつに膨らんでいく。

パイナップル工場跡のめくれたトタンが音をたて、門灯の明かりが微かにとどくあたりで、黒髪のように垂れたガジュマルの気根がゆれている。吹き出した風が回り始めている。風にはこばれた煙のにおいが漂っている。立ちくらみを覚えながら表札を見つめていると、ふたたび記憶が鮮明に甦（よみがえ）ってくる。

それはどれだけわたしを苦しめたか分からない。発狂した母のことで近所の子どもたちと遊ばなくなっていたころだった。

わたしは庭を掃き、砂に埋まった穴をほじくると、独り、天国遊びをしていた。相手がいないので邪魔されず、確実に穴から穴へと玉を転がせばよかった。自分との戦いだった。のぼりつめていき、最後の穴へ玉を入れるのをくりかえす。すこしずつ天国の穴を狭め、しまいにはラムネ玉ほどにする。穴を見据え、狙いどおりに玉を弾くとゆっくり転がり穴へ落ちる。その一瞬に何とも言いがたい満ち足りたものを感じた。

あのときも、天国に神経を集中して指先から玉を弾こうとしたとき、硫黄とマッチの軸の燃えるにおいが鼻腔を刺す。

わたしは節穴から母のいる裏座をそっと覗いた。母が目を細め、じっと炎のゆらめきを凝視している。軸が指先まで燃え尽きるとぽとっと落とし、また擦る。暗がりのなかで顔が浮かんでは消え、消えては現れる。それが何度もくりかえされる。ときおり、マッチの火が母のほつれた髪を焦がす。燃えかすがうずたかく畳の上に重なり合っている。中身が尽きるとマッチ箱を放り投げ、壁に背をもたせ虚ろな目を宙に向けながら燃えかすで眉を描いていたが急にわたしの方へ視線を移し睨むと、ニタリと笑った。どきっとして思わず、目を外し、気づかれないように後ずさり胸をなで下ろしたが、何やら不安になっていった。

そんなことがあってしばらくして、わたしは隣の町へラムネファイヤーに出掛けた。わたしに敵う相手は誰一人としていなかった。わたしはズボンのポケットからあふれそうなラムネ玉を圧さえ、鼻唄まじりで、暗くなった道を小走りに駆けていた。と、路面に突き出た石に躓きのめる。ラムネ玉がポケットから路上にころがる。散らばるラムネ玉を慌ててかきあつめているとき、遠くでサイレンの音がする。

わたしは胸騒ぎをおぼえ、咄嗟に家の方角に目を向けると懸命に駆けた。ラムネ玉がポケットの中で喘ぐように音を立てる。走りながらマッチを擦っていた母の顔が浮かんでは消える。動悸を抑えつつ唾を呑み込んだりしたが、激しさは増すばかり。たどり着くと火の爆ぜる音が辺りに響き、ギンネムの森をおびただしい鳥がなきさけんで飛び交い、浮遊している火の粉が吹きすさぶ風にどっとながされてくる。

わたしの家が炎に包まれていた。

喧騒のなかに、火脹れた腕から血を滲ませ、マッチ箱を握った母が突っ立っている。ときおり、木材を食む音がして焔がのぼる。真っ暗い闇の空に燃えさかる焔が恐ろしい生きもののようにあかあかとくねっては空高くゆらぐ。信じがたい光景だった。一面にたちこめる煙にむせながらわたしはズボンのラムネ玉を強く握りしめたまま、母の横顔を見つめていた。

風の吹いてくる山のくびれた稜線をたどっていると、雲の切れ目から星々のつらなりの先にある星が現れる。

ちょうど今ごろの季節だった。サシバが夕暮れの空に舞っていた日の夜、わたしと母は義父の引くリヤカーを押しながら月明かりの白い道を宮古部落へと向かっていたのだった。たどり着いたところは村外れの海に近い家だった。寂れたトタン屋根の家を囲むようにユウナの樹が黒々と生い茂っている。片付けを済ませ、ぼんやりしているときれぎれに謡(うた)が聴こえてくるので家を出て声のするほうへ歩いた。ゴミ捨場の湿地にある沼の傍に一軒だけ明かりの漏れている家がある。戸が開いていた。老婆が苧麻(ブー)を紡ぎながら唄っている。玉砂利の敷かれた庭で突っ立っていると、老婆は分厚い眼鏡の奥から穏やかな目でわたしを見て、今日引っ越してきた家の子かぁ、とだけ聞き、黒砂糖をくれると頭の頂(さ)きに自分の頬をさすった。老婆の頬の窪みの感触になにやら張り詰めていたものがゆるんでいくのを感じた。帰り際に老婆はよく聞き取れない言葉で庭の向こうを指さし、ティンジャクとつぶやいた。何のことか分からなかったが、きれいよぉ、と付け加えたあと、爪を染めるホウセンカだと言っていた、老婆の方言を口のなかで短く切るように何度も繰り返した。

翌朝、サバニのエンジン音に目を覚まし、アダンや龍舌蘭の間を飛び交う甲虫や蝶に目をやり歩いていると、朝露を葉先にふくらませたたくさんの花をつけたホウセンカが沼地に群生している。赤い帯状の色が沼の周りを幾重にもとりまき、弾けた種子が根もとに芽生え、敷きつめたように緑をなしている。靴先から泥水が指間にしのびこむのを感じながら花のちかくまで歩み寄ると、花びらをひとつひとつ摘んでは左の手のひらにふっくらと満たした。たくさんの花びらのつけねの白っぽい部分と先端の赤が重なりあっている。花びらを人差し指と親指の腹で揉むと滲んだ汁で指先が赤く染まった。もう一枚と摘み上げたそのとき、吹き出したやわらかい風に手のひらの花びらがふわっと舞い上がる。わたしは上唇の産毛を風に刺激されながら沼面の風紋のまわりを漂うたくさんのホウセンカの花びらを見つめ、犬に吠えられ、橋を渡って大きなガジュマルのある町を通り過ぎ、いまにも追いかけて来そうで恐ろしかった仁王像のいる寺や御嶽から宮古部落までのひとすじの道を何度も思い浮かべていた。

宮古部落は子だくさんの家ばかりで、逞しいほどの活力が漲っていた。宮古の人を毛嫌っていた母もそのうち近所付合いをはじめ、明るさを取り戻していった。挫けることをしらない人たちでわたしたち家族はどれほど勇気づけられたか分からない。そこへ住みついてからというもの、何かしら希望が湧いてきた。皮肉にも宮古部落がわたしたちの安住の地となる。実に十四回目の引っ越しの末だった。

煤で薄汚れた壁板をくり抜いてガラスを嵌めた、形ばかりの窓から北極星を見つめては測候所のポールの向こう側と自分のいるところでは、何と違う世界だろうと、激しい憤りさえ抱いた。

わたしが中学を卒業する前に義父は脳溢血でぽっくり亡くなり、その後住み込みで家具職の見習いをしていた兄が独立して、暮らし向きが楽になっていった。お蔭でわたしは高校へ進学することが出来た。兄は結婚を境に事業を拡張する。わたしたち家族は何一つ不自由なく、欲しい物は手に入った。数年の間に、これまでとは打って変わった生活に、なんとなく空恐ろしいものを感じながらも幸せに浸りきっていた。

不安は的中した。合板を使用した輸入家具が島材の家具に取って代わった。時代の流れだった。焦った兄は輸入品に切り換えたが、うまくいかず、しまいには資金が底をつき、夜逃げ同然で夫婦して行方をくらました。債権者が昼夜を問わず、責め立てる。母やわたし、それに甥や姪に眠れない日が続き、母がふたたび奇怪(おか)しくなりかける。わたしは拠り所のない不安と、泥沼の生活の日々に、理性すら失いつつあった。

仕事が退けるとオートバイを乗り回し、ホテルの前の浜辺で独りいつまでも暗い夜の海を眺めた。真珠養殖筏の浮標(ブイ)が波間を漂う頭骨に見える。ささくれた生活を振り返りまともな生き方をしていけない、と思うと無性に悲しくなり、瞼(まぶた)を焼く熱い涙がとめどなく流れ、砂に顔を埋め号泣した。寄せては返す波音に混じる砂の軋(きし)みに顔を上げると、白いワンピースの女が見つめ、無言のまま砂だらけの顔を拭く。わたしはその本土の女性の優しさに惹(ひ)かれて所帯を持った。世を呪い、死のうとすら考えていたわたしには、相手が誰であっても良かったのかも知れなかった。

妻が島のことを知らないのを幸いに、都合の悪いことはひた隠しにした。無論、母のこともそうだった。親戚のものにも合わせなかった。妻が首を傾げるほど、転居をくり返した。間違っていたかも知れなかったが、わたしにはそうすることしか出来なかった。

額の脂汗(あぶらあせ)を手の甲でぬぐい、息を吐く。足もとで木の葉が不可解な動きをしている。

屈むと蟻の群れが蝶をはこんでいる。翅の鱗粉は剥げ、葉脈に似た筋だけがくっきりとしている。蹲ったまましばらく蝶のむくろを見ていると、あの、沼地でのホウセンカが過ぎり、身体の中を哀音がかけめぐるのをどうすることもできなかった。

*本書収録の作品中、一部、差別的と思われる表現がありますが、作品の時代背景を考慮し、そのままにいたしました。

〈初出〉

少年よ、夏の向こうへ走れ

「薔薇薔薇」11号（1981年7月20日）「少年の夏」。改稿し「八重山毎日新聞」（1982年1月1日）発表。本書収録にあたり再改稿

少年の橋

「薔薇薔薇」12号（1985年1月30日）。本書収録にあたり改稿

黒い森から

「薔薇薔薇」14号（1988年2月10日）「カラス森伝説」。「バトル・フィールド」と改題、改稿し「八重山日報」連載（2013年6月25日〜7月20日、18回）。本書収録にあたり再改題、再改稿

さようなら、夏の匂い

「薔薇薔薇」14号（1988年2月10日）。本書収録にあたり改稿

中国服（チャイナ）の少年

「薔薇薔薇」13号（1986年1月20日）。本書収録にあたり改稿

沖縄、ホウセンカ

第18回琉球新報短編小説賞佳作「鳳仙花」。「琉球新報」（1991年1月22日朝刊）掲載。

本書収録にあたり改題改稿

あとがき

本作品集は、わたしが三十三歳から四十二歳までの十年間に同人誌や県紙に発表された作品群である。

その間の主な出来事に、一九八二年のホテルニュージャパン火災から、東京ディズニーランド開園、グリコ森永事件、ロス疑惑の三浦和義逮捕、五二四人乗りの日航機が群馬県で墜落、明石海峡大橋起工、関西新空港泉州沖に着工、国鉄分割民営化ＪＲスタート、一九八八年沖縄の卒業式で初めて全校日の丸掲揚（八五年までは一校もなし）、横綱千代の富士53連勝でストップ、一月七日天皇逝去、皇太子明仁(あきひと)親王(しんのう)即位「平成」と改元、中国天安門広場の学生を軍で制圧、歌謡界の女王美空ひばり死去、本島長崎市長銃撃される、ソ連初代大統領にゴルバチョフ、イラク軍がクエート侵攻、東西ドイツ統一、ということなどが一九九十年までにあった。

収録の六作品は、すべて琉球新報社主催の「琉球新報短編小説賞」に応募したもので、四作品は最終候補となり、そのうち「少年よ、夏の向こうへ走れ」は佳作決定になったあと、取り消されるというハプニングがありはしたものの、一九九十（平成二）年に「鳳仙花」が第18回琉球新報短編小説賞佳作となった。

わたしは賞につきものの様々な経験をして、勉強させてもらった。なかでもささやかな喜びは、第9回の応募から選考委員の永井龍男・霜多正次・大城立裕・安岡章太郎・立松和平という面々に作品を読んでもらえたということであった。普通ならあり得ない。これらは勇気を持って応募してこそ得られるものである。

受賞者のなかから芥川賞作家となった方も二人いる。新聞の見開きで挿絵が二つ入っての全文掲載なので、こつこつ書いてきた者にはこれほど充実感と自信を与えるものはない。反面、選考過程も載るので取れなかったときは落胆をともなうものとなる。

そもそも本賞に応募する切っ掛けとなったのは、現在の仕事場から十五メートルと離れていない、ビッチンヤマという巨きな榎木に庇護された御嶽の向かいに在ったそば屋から始まる。ネギでも包んでいたのかしわくちゃの新聞紙が部屋の隅にたたまれてあった。これに、富川貞良の「龕の家」、山川文太の「ワイド・ショウ」、新崎恭太郎の「ネクタイ」が載っている。

一九七四（昭和四九）年、「琉球新報短編小説賞」第2回の佳作三編だった。

注文したそばが運ばれてくるまで目を通しているうち、たちまち引き込まれてしまい、のびたそばを大急ぎで食べたあと、他の作品の載った新聞も貰った。車の中で、さきほど読んだ新崎恭太郎さんの「ネクタイ」が繰り返し浮かび上がってきては消える。愚図る息子をあやしていると――それぐらいならばお前にも書けるのではないか？　むしろお前のほうが上手く書けるはずだよ。書けよ、書いてみろよ――どこからか囁いてくる誘惑にわたしのなかで樹々がざわめく。

この、二十六歳のときから始まる。

数日後、原稿用紙に向かってみるが書けない。

書けるわけがなかった。

第1回から3回までの応募規定枚数は二十枚で、4回から四十枚になる。

調べると、第2回3回は受賞作なし。第1回の受賞者は「骨」の嶋津与志（大城将保(まさやす)）、佳作に「トタン屋根の煙」宮里尚安「予感」中里友豪であった。

集中して文芸書を読むようになる。

編集人が砂川哲雄(すながわてつお)さんから迎里勝弘(むかいさとかつひろ)に変わった同人誌『薔薇薔薇(ばらばら)』の仲間になる。一作目は「ただ過ぎ去る風のなかで」、二作目は「溺」、三作目は「鳥どもをにぎり潰す日」という習作で、四作目は「少年の夏」だった。

そのころ書店に働いていたこともあって、ときおり学校の図書館を訪問する。司書がいないので、書架に並べられた児童図書の背文字を追っていると、或(あ)るタイトルに釘付けになる。「神隠しの八月」だった。たちまち〝秘祭〟とされている仮面祭祀における仮面を少年に盗ませるという、明日にでも起こりうるドラマチックな事件のストーリーが頭の中で出来上がる。一分とかからなかった。翌日から書き始め、数ヵ月後に仕上げると、同人誌に発表した。

これを改題改稿し、「少年よ、夏の向こうへ走れ」として応募。これまでのものよりまとまっている気がする。でも、たった四作目なのでまだまだとも考えていた。

しかし、応募総数四十編の中の六編に残り決まる。ところが、未発表という応募規定に反するということで受賞は叶わなかった。それでも芥川賞の選考委員であった永井龍男に誉められたことは嬉しかった。そのようなこともあって翌年の第10回では、何が何でも取るつもりで、満を持し、「少年の橋」で応募。ふたたび問題が起きる。大城立裕は、技法、構成からみて、わたしの作品を第一に推したが、宮古出身の父子に対する表現の全体のなかでの位置づけが議論され、これを新聞に載せるのは難しい、不買運動さえ誘発するやも知れぬ、ということで外されたのだった。

自信をもって望んだだけに気落ちしながら、いったい文学というものは何なのだろうという素朴な疑問をしばらく抱え込むこととなった。

その後も、候補になったが取れずじまい。

先輩方からは〝厄払いしなさい〟といわれたりする。

そうこうしているうちに、四十で失業してしまい、四年間も生活の苦労を強いられることとなり応募どころではなくなった。書きづらい環境になってしまったというべきなのだろうか。その間アルバイト的な書く仕事をしていたが、精神的な充足感がまるで得られない。諦めきれずに再び挑戦。これが受賞した。佳作だったので、諸手（もろて）を挙（あ）げるというまでには至らなかったが、妻や三人の子どもたちも喜んでくれた。新城剛（あらしろつよし）さんの描（か）いた挿絵（さしえ）の作品を、妻が子どもたちへ読み聞かせているのを見て胸が熱くなった。

授賞式には妻も出席させる。

演壇からのわたしのスピーチに感動したと言った。

琉球新報支局長だった中村喬次（なかむらきょうじ）さんの奥さん、清原つる代さんが大きな花束をくれる。『薔薇薔薇』の初代編集人の砂川哲雄さんも出席してくれた。

わたしは「少年よ、夏の向こうへ走れ」「少年の橋」「黒い森から」「さようなら、夏の匂い」「中国服（チャイナ）の少年」までの作品を、書き上げると、そのつど喫茶店で砂川さんに読んでもらっていた。息を吸い込み、珈琲（コーヒー）カップに唇をあて、胸のうちで「今年もどうにか書けました……」とつぶやく。

これはわたしにとってちょっとした儀式となっていた。

だが失業中のときはそれが叶わなかった。

でも、そのころから書くということに対して、ある程度の覚悟もそなわっていたように思う。

その作品が最後に収録した「沖縄、ホウセンカ」（「鳳仙花」）である。本土でなく、朝鮮のものでもなく、石垣島の鳳仙花なので、「沖縄、ホウセンカ」と改題した。

以来、「琉球新報短編小説賞」には応募していない。

本来ならば、本書が、初めの、作品集となるべきであったものの、わたしは一つ一つに磨きを掛けずにはおれなかった。多くの犠牲をともなった愛着ある作品を、急がず、自らの気持のまま、大切に扱いたかった。慈しみたかった。そんなことで、『燠火／鱗啾』や『猋風』より、後になった。時間が掛かってしまった。だからといって作品が良くなる保証はない。けれど、初期の作品群においては、時間を掛けた分だけそれは確実に比例する。

小説を書きたいと考える方はぜひ読んでもらいたい。期待を裏切らないはずだ。

二〇一九年四月一日記す

竹本真雄（たけもとしんゆう）プロフィル

一九四八年沖縄県石垣島生まれ。八重山農林高校卒。一九七八年、新たにスタートした八重山毎日新聞「日曜随筆」執筆メンバーに。八二年八重山毎日新聞新年号に「少年よ、夏の向こうへ走れ」を見開き一挙掲載。八八年同人誌「薔薇薔薇」編集人。九〇年「鳳仙花」で第18回琉球新報短編小説賞佳作。九九年「熯火」で第25回新沖縄文学賞受賞。二〇〇〇年他人名義の「大濱永丞私史―八重山『濱の湯』の昭和―」が第3回日本自費出版文化大賞受賞。〇二年「犬撃ち」が第19回織田作之助賞最終候補に。〇八年沖縄タイムス夕刊に〝県内作家シリーズ〟として「黒芙蓉」を連載。その後、地元の新聞八重山日報で数多くの小説や脈々と受け継がれる八重山人の雰囲気や気質、あるいは合衆国といわれる石垣島の人間模様を、さまざまな角度から照射を試みるエッセイを立て続けに発表していたものの沈黙。一四年以降、手作り小冊子に載せた作品を数人の読者へ配布。

二〇一五年『熯火／鱗啾』が〝タイムス文芸叢書〟として沖縄タイムス社から。一八年『猋風』を同社より刊行。一九年（第53回）沖縄タイムス芸術選賞・文学部門（小説）奨励賞受賞。

少年の橋

竹本真雄

2019年6月3日　初版発行

発行人●竹本真雄

発売元●沖縄タイムス社出版部

〒900-8678　沖縄県那覇市久茂地 2-2-2

電話 098-860-3591　ＦＡＸ 098-860-3830

印刷所●アイドマ印刷

表紙絵●川平惠造

ISBN978-4-87127-688-7　C0093